文
景

Horizon

味的道

二毛 著

上海人民出版社

目录

序 吃意与诗意 1

须知单

先天须知 6 作料须知 10 火候须知 16

配搭须知 20 洗刷须知 24 调剂须知 28

用纤须知 32 时节须知 36 选用须知 42

戒单

戒苟且 48 戒外加油 52 戒纵酒 56

戒火锅 62 戒停顿 66 戒耳餐 72

戒暴殄 78

海鲜单

海参三法 84 鳆鱼 88

江鲜单

鲥鱼 94　　　　黄鱼 100　　　　刀鱼二法 104

特牲单

猪头二法 110　　　猪肺二法 114　　　猪蹄四法 118

排骨 124　　　　　猪肚二法 128　　　杨公圆 132

蜜火腿 136　　　　猪腰 142　　　　　粉蒸肉 146

白片肉 150　　　　炒肉丝 156

杂牲单

羊头 162　　　　牛肉 168　　　　牛舌 172

羽族单

鸡蛋 178　　　　蒸鸭 182

水族有鳞单

醋搂鱼 188　　　鲫鱼 194　　　季鱼 198

水族无鳞单

带骨甲鱼 204　　　鳝丝羹 208　　　蟹 212

鲜蛏 218

杂素单

茄二法 224　　　　冬瓜 228　　　　豇豆 232

菠菜 236　　　　松菌 242　　　　芹 246

豆芽 250　　　　葛仙米 254　　　　韭 258

苋羹 262　　　　问政笋丝 268　　　　芋羹 272

蕨菜 276　　　　猪油煮萝卜 280　　　　豆腐皮 284

小菜单

酸菜 290　　　　大头菜 296　　　　腌蛋 300

乳腐 304　　　　冬芥 308　　　　牛首腐干 312

诗意的海蜇 316

点心单

萝卜汤圆 322　　　　千层馒头 325　　　　白云片 329

竹叶粽 335

饭粥单

饭 342　　　　粥 346

茶酒单

茶 352　　　　酒 356

吃意与诗意

在中国饮食文化史上，清人袁枚是我最敬重的一位诗人美食家。这位乾隆年间进士，乾嘉诗坛盟主，曾当过四任七年知县。但袁枚三十四岁时便看破仕途辞官回乡，在江宁小仓山筑建起私人会所随园，过起了以诗结朋、以食会友的田园生活，连著名画派"扬州八怪"的画家也成了随园的座上之宾。

作为一个著名诗人和文学家，袁枚却没有一般读书人那种迂腐气味，他不仅仅不怕讲究饮食和热爱美女，还醉心捣鼓烹饪艺术。更具美食精神的是，他老人家每逢去某家吃饭，一定派家厨去那家，拜那家厨师为师。这样坚持了四十年，为此搜集到许多绝妙的烹饪方法，总结整理成一部将中国古代烹饪经验和当时厨师的实践心得相结合并上升为理论的饮食巨著《随园食单》。

在食单中，袁枚老师以辩证、抒情并极富幽默想象的笔调，将饮食之道用哲学加情趣的方式呈现给我们。他认为，烹饪是一门学问，而"学问之道，先知而后行，饮食亦然"。

关于挑选食材对味道的重要性，他教导我们说"物各有先天，如人各有资禀。人性下愚，虽孔、孟教之，无益也；物性不良，虽易牙烹之，亦无味也"、"一席佳肴，厨司之功居其六，买办之功居其四"。

而关于搭配有助于体现食物之独特风味，他指出食物搭配如同"视女子美丑来选择丈夫"，要有相同物性才能彼此相配。要使清配清，浓配浓，软配软，硬配硬，才有和谐的妙处。

关于调味料，在《随园食单·作料须知》中则体现出他老人家一把年纪还喜欢美女的天性："厨者之作料，如妇人之衣服首饰也。虽有天资，虽善涂抹，而敝衣蓝缕，西子亦难以为容。"意思是，作料对厨师来说，就好比女人的衣装与首饰。女子虽生得美貌，又会涂脂抹粉，然而，穿得破破烂烂，即使像西施一般美貌也难以显示她的美丽。用美女来说作料，真是一绝。

我认为袁枚首先是一个诗人，然后才是一个美食家。所以不难在其《随园食单》中看出，无论是他对"味"的追随，还是对"道"的阐述，都带上了一种诗意的表达，即吃意随诗意而升华。于是，本人试图以一个诗人和美食家的双重身份，与之对应解读那些隐藏在两百多年前随园会所里的神秘佳肴，看是否更能接近味道的本身，同时也极目远眺一下今天的"味"与那个时代的"道"之间的距离。

然而要在味之道上，完全用散文和随笔式的遣词造句或比喻夸张来解读，有时很难表达袁老先生舌尖上那鲜亮雅润的一口。于是我在每一篇文章的前面，都用了一首现代诗开路，试图在用词语拿捏的火候中，挂上意象的芡糊，火爆盛开的腰花；或用韵脚和节奏调味，让豆腐细嫩如初，让莲藕如初恋般爽脆。

　　例如，袁枚在《随园食单》中说蟹："蟹宜独食，不宜搭配他物。最好以淡盐汤煮熟，自剥自食为妙。蒸者味虽全，而失之太淡。"那么，由此我们该怎样来叙述才能更接近蟹的真味，孤独的即私密的即最可口的即营养的。然而如同孤独的蟹的内心的蟹黄，最好吃的表达该是什么呢？拿我的一首诗来回答：

　　　　微醉的对面是蟹
　　　　菊一样的清蒸
　　　　使肉嫩到了唇边
　　　　丰腴
　　　　秋天私处的甘美
　　　　触感到了香润
　　　　那是一生的口福
　　　　蟹黄的阳光
　　　　照亮了食欲

须知单

先天须知

我看见齐国御厨易牙 / 为获取滋味而宰杀着波浪 / 白肚的鲫鱼趁机扁身逃向清淡或者无味 / 此时 / 阉割之鸡偏向嫩的一边生长 / 朝着帝王的胃口 / 薄皮之猪 / 喂骨之鸭 / 从此肥硕地走上孔孟之道 / 比笋和火腿更加鲜美的 / 是台州的干鱼在冰和炭之间向往着海洋 / 而这些 / 岸上的厨师只看见了六成 / 因采买早已收走了另外四成

　　凡物各有先天，如人各有资禀。人性下愚，虽孔孟教之，无益也。物性不良，虽易牙烹之，亦无味也。指其大略：猪宜皮薄，不可腥臊；鸡宜骟嫩，不可老稚；鲫鱼以扁身白肚为佳，乌背者必崛强于盘中；鳗鱼以湖溪游泳为贵，江生者必槎枒其骨节；谷喂之鸭，其膘肥而白色；壅土之笋，其节少而甘鲜；同一火腿也，而好丑判若天渊；同一台鲞也，而美恶分为冰炭；其他杂物，可以类推。大抵一席佳肴，司厨之功居其六，买办之功居其四。

评判一个人是不是真正的吃家，起码首先要看这个人是否喜欢去菜市场，面对琳琅满目的细嫩之肉或新鲜之蔬是否会激动不已，并能当场搞定晚餐桌子上将献给朋友们的创新菜肴。

食材的挑选，应当是完成一桌美味佳肴的重要前奏。它的鲜活或死硬，细嫩或粗老，野生或家养，季节或反季节，会直接妨碍滋味之词，能否抵达味蕾花开的诗章。正如袁老先生所说，一桌上好的饭菜，买菜的功劳要占四成，炒菜的占六成。

面对名目繁多的食材，如今我们几乎无从下手。动物都是人工饲料养的，蔬菜基本都是反季节的。就拿袁老先生推崇的皮薄且无臊味的猪来说，从前我们吃的几乎都是一年左右出栏且喂米糠和野菜长大的猪，其肉质自带味精和香料。那时常常是张家炒出来的回锅肉之香，飘过夕阳余晖照着的小巷，让李家一屋人突然闻到之后直吞清口水，并自言自语：又是哪家人吃肉了。

现在的猪几乎都是两三个月就跳级出栏了，并且猪生之路与饲料相伴，遇上没有节育的公猪还会有大股腥臊味。所以现在烹调肉或鱼，猛加大量的鸡精、味精、料酒、花椒、辣椒以及各种名目的酱，就成必须的了。

恐怕最让袁老先生始料未及的是，当今先天的蔬菜大多数都不先天了。夏天的萝卜，春天的茄子，悬吊在季节之外的冬瓜等等，这些都没了当季的那种自然之色和纯正之味。所以我常像等待我的乖乖一样，在大雪纷飞中等着又白又脆的萝卜，在夏天的门口等着汁满嫣红的番茄，在三月的树丫上等着细嫩清香的椿芽……还有潺潺溪水中的欢快之鱼，一边走一边捉虫子的自由之鸡，荷塘阳光中的嘎嘎之鸭，红星大队第四生产队半坡上的放养之牛……

我曾在北京天下盐餐厅创意名菜"二毛鸡杂"、"暗煨麻雀"和"明蒸雅鱼"，在菜谱上我这样写道："二毛鸡杂"选用鸡飞狗跳的鸡的鸡杂；"暗煨麻雀"选门可罗雀的雀；"明蒸雅鱼"选漏网之鱼的鱼。虽然有些文学上的夸张，但我一直认为一道上好的菜肴，其食材除了需要先天自然之外，还需要鲜活和难以得到，所谓鱼吃跳、鸡吃叫、蔬吃俏即是如此。我每年冬天都会去老家的深山之中，宰杀几十头大肥猪做成香肠腊肉运往北京天下盐餐厅（老家有一段窄小的山路是用手扶拖拉机运送的）。这些香肠腊肉，成菜之后那骄傲的肥谦虚的瘦以及深深的香，不是油汪汪香喷喷所能形容的。

在中国食史上，袁世凯算是深得家门袁老先生"先天须知"精要的大吃家。他特别喜欢的一道又白又肥的"清蒸鸭子"，是他自己配方用鹿茸捣碎屑拌以高粱喂养而成的。袁世凯还喜欢"烧鲫鱼"，不仅要"扁身白肚"，而且是专门叫河南淇县县令送来的著名的淇水鲫鱼，此鱼尺把长，肚白而大，脊背宽厚，有双背鲫鱼之称，肉质肥美异常。不仅如此，其运送还有绝法：用箱盛满未凝的猪油，将鲫鱼放在油中，让其窒息，猪油凝结之后与外间空气隔绝，这才开始装运。此保鲜之法在当时来说是极妙的。

其实中国历史上还有比袁世凯更挑剔的吃家，据《新唐书·韦陟传》记载，唐代玄宗、肃宗时的大臣韦陟，每年都会事先选择一片肥沃之地，叫人精心种下谷麦，到收获的季节，他便放出群鸟去择米。他就只吃群鸟啄食过的那部分饱满的米粒，其余的都弃之不要了。估计袁老先生不知此事，如果知道，我想他定会把它收入《随园食单·先天须知》曰：谷麦，以群鸟择米处为贵。

作料须知

用一块一见钟情的骨头 / 煲一锅温柔之汤 / 加点盐、糖、口红、酒和几滴香醋 / 汤之荡漾呈现爱恋 / 那是十七岁的西施 / 对荤油和老姜的向往 / 于是我看见吴国的帝王 / 用公东西泡酒 / 母东西煨汤 / 小情人蘸酱 / 接吻概不放葱花

　　厨者之作料，如妇人之衣服首饰也。虽有天姿，虽善涂抹，而敝衣蓝缕，西子亦难以为容。善烹调者，酱用伏酱，先尝甘否；油用香油，须审生熟；酒用酒酿，应去糟粕；醋用米醋，须求清冽。且酱有清浓之分，油有荤素之别，酒有酸甜之异，醋有陈新之殊，不可丝毫错识。其他葱、椒、姜、桂、糖、盐，虽用之不多，而俱宜选择上品。苏州店卖秋油，有上、中、下三等。镇江醋颜色虽佳，味不甚酸，失醋之本旨矣。以板浦醋为第一，浦口醋次之。

小时候常听到大人们谈论炒菜的三要诀：油多、火大、作料齐。我以为母亲就是这样把菜炒好吃的，殊不知，在那缺油少盐的年代，火大好办，油多还要作料齐就很难了。那时候每人每月仅供应半斤菜油，猪油也只有春节前备上一些。那时的香料好像只有几颗花椒和缺了角的八角；打酱油的路很远，而且路上老是有两只狗抢一块骨头。

　　我最早认识的作料叫"五香面"，只有赶集的时候才有人摆出来卖，一条街都能闻到那扑鼻之香。长大了才知道五香面是由茴香、花椒、大料、桂皮、丁香等做成。二十年前的一个冬天，诗人万夏、宋炜到我老家喝酒吃肉，我首次运用桂皮、山奈、八角等香料做了一道雪魔芋烧鸭（那时没有冰箱，把魔芋埋进冰雪里一天一夜制成雪魔芋），稀里呼噜的吃得他们几爷子像是刚从旧社会过来的。

　　在运用作料上，袁老先生显然是高手，晓得用什么酱什么醋做菜最好，还会用美女来比喻。我受了启发，写过一首《为心爱的人下厨》："……哦 / 你是盐你是醋你是酱我的红颜调料 / 只有你懂我手中的勺秘制的香料 / 鼎沸中的微妙 / 情爱中的独到……"其实情爱的调味与做菜的调味是一样的，都是要在拿捏火候中，善用糖、酒、醋：单身时用素油，热恋中用荤油，初恋里加几滴香醋。事实上许多菜式需要用糖不甜、用醋不酸、用酒出香。比如，冰糖或白糖炒出的糖色，用来做红烧肉、卤肉或糖醋白菜有奇效，既能在近处增香添滑，又带一点远方淡淡的甜，这是直接用酱油和糖所不可企及的。

至于用酒，不仅仅"有酸甜之异"，我认为还有高度低度之分。腥膻味重的食材，比如猪腰、肥肠、羊肉，我喜欢在爆炒时加入少许高度白酒（做番茄牛肉时，我会用甜米酒）。特别是炒腰花，最好是边炒边沿锅倒白酒使其遇高温起白烟去腥增香。这一招是我跟老家酉阳一位叫龚四的厨师学的。此兄擅长醉态下炒菜，拿手菜为"醉炒腰花"。他的灶台上始终放着一瓷杯白酒（喝完又加），炒腰花之前先呷一口，快炒之中喂腰花一口，炒出来那脆那嫩那香，不是袁老先生拿个什么美女妹妹出来能比的。后来此兄英年早逝于每天的两斤白酒之中。

醋是酒的远房亲戚。"醋"由"酉"部和"廿一日"组成，"酉"是古代的酒器，代表酒，所以"醋"的意思是：酒成二十一日后醋成。据说，老字号镇江恒顺醋厂酿醋，必须经过二十一天。醋的种类很多，有米醋、香醋、麸醋、陈醋等。陈醋是老醋，越陈越好。山西陈醋的酸度厚，镇江香醋的香度长，而四川保宁醋介于二者之间。用法上，各有所长，就看你做什么菜，糖醋排骨一般来说用保宁醋，醋熘鱼用镇江香醋则更好。

袁老先生的"酱用伏酱"，即要用三伏天制作的酱，因为那时的酱发酵最为充分，吃口更好。东汉时王充《论衡》中已有"做豆酱"之事，崔寔所撰《四民月令》更有制豆酱的详细记

善烹调者，酱用伏酱，油用香油，酒用酒酿，醋用米醋，不可丝毫错识。

述。在烹调运用中，酱主要用于调味，南方多用豆酱，为粤菜的重要调味料；北方多用面酱；豆瓣酱多用于西南一带，是构成川味的重要调味料之一。而川菜名菜回锅肉除了要用众所周知的郫县豆瓣以外，少有人知道还要用点睛之笔的甜面酱。

作料中我最喜欢"花椒"、"豆蔻"、"丁香"、"小米辣"、"茴香"、"十三香"等这些诗一般的名字，它们也是我常常用到的香料。比如"豆蔻"，杜牧有诗句曰："婷婷袅袅十三余，豆蔻梢头二月初。"用豆蔻来比喻处女。但每次读到时，我想到的，还是鲜香腴嫩的樱桃肉啊！

火候须知

谁能告诉我 / 体温要达到几成油热 / 情欲该拿到什么火候 / 才能使美女细嫩可口 / 然而真正的美女 / 拒绝爆炒或红烧 / 顺从清蒸、沐浴或骨瓷器皿

　　熟物之法，最重火候。有须武火者，煎炒是也；火弱则物疲矣。有须文火者，煨煮是也；火猛则物枯矣。有先用武火而后用文火者，收汤之物是也；性急则皮焦而里不熟矣。有愈煮愈嫩者，腰子、鸡蛋之类是也；有略煮即不嫩者，鲜鱼、蚶蛤之类是也。肉起迟，则红色变黑；鱼起迟，则活肉变死。屡开锅盖，则多沫而少香；火熄再烧，则走油而味失。道人以丹成九转为仙，儒家以无过、不及为中。司厨者，能知火候而谨伺之，则几于道矣。鱼临食时，色白如玉，凝而不散者，活肉也；色白如粉，不相胶粘者，死肉也。明明鲜鱼，而使之不鲜，可恨已极。

"火候"一词源于道家炼丹的术语。外丹炼制中极讲究用火技巧及温度变化的把握，火候到了，才能炼制出金丹妙药。又引申为"内丹"的炼制，指对意念、神智、气的控制，必须配合天时进退，把握得当，才能炼成内丹而修成圣骨仙躯。也就是《火候须知》中说的："道人以丹成九转为仙，儒家以无过、不及为中。司厨者，能知火候而谨伺之，则几于道矣。"

　　我开始下厨时，哪晓得火候还有这么高的内涵，那时炒菜是遵从大人说的"油多火大作料齐"原则，猛把干柴往灶孔里加。那时的柴火灶旁，往往堆放着不同粗细的两种干柴和一些易燃的燃料：粗柴、疙瘩柴及木炭头子，多用于较长时间的煮和炖，比如萝卜海带炖骨头；细柴或干树枝及油毛毡、自行车旧内胎等，多用于爆和炒，比如爆炒我心爱的腰花。

　　母亲毛荣贤和哥哥牟平凡下厨时，都指挥过我这个"火头军"，一会儿叫我"加柴"烧大火，一会儿叫我"退柴"烧小火，一会又叫我把灶孔里的木炭红灰从中间扒向两边烘烤着锅底。有一次我负责烧火，哥哥炒腰花，腰花刚要下锅时，细柴已全部烧完，火势渐渐减小，说时迟那时快，我起身抓了一把吃饭的筷子丢进了灶孔里，在那噼里啪啦升腾着猛火和快炒的交响声中，我们胜利地完成了使腰花脆嫩腴香的光荣任务。

　　凡带"火"及"灬"旁的字，如炒、炸、煨、爆、烩、煎、煮，多数与火候有关。"烹"即"烧煮"，"饪"即食物熟了，"调"指的是加热前后或加热之中对味道的"调和"，所以"烹"和"调"这对立的统一是以火候为前提的。不同材料，不同炊具，不同传热导体以及不同烹调手法，直接影响着火候的使用程度。现在电饭煲永远也煮不出柴火铁锅做出的香米饭和脆锅巴了；而燃气灶上的烹调之味，也永远达不到柴火灶上做出来的了，因为完全密封在柴火灶里的铁锅，其受热面积和程度远大于燃气灶上的铁锅，而且柴火可以猛中带柔（干而硬的木柴）或柔中带猛（抽柴留炭），气火则做不到。

我在北京天下盐餐厅虽然不能直接砌一个柴火灶（十年前我在成都川东老家砌有柴火灶），但有些特殊的烧烤或特制的煨炖，我会用木炭火来烹制。比如，烧炮煳辣椒做蘸碟，不论是干辣椒还是鲜辣椒，在气火上烧烤还是在热锅里烘焙，永远不可能达到在炭火红灰里炮制出来的那种口感和煳香。

其实加盖锅盖也是拿捏火候的一部分，煨、烧、焖、熻、爆等手法都需要加盖锅盖，一是为了食物快速熟烂；二是避免能溶于水的维生素和香气跑掉；三是揭锅盖的瞬间，锅盖内壁的汽水流入锅中，使食物更容易柔和。在急功近利的今天，我觉得中国烹饪（特别是餐馆、饭店）最大的失误之一就是抛弃了锅盖，因为成百上千的客人在大厅或包间等着厨子上菜啊，哪还有时间去盖锅盖呢?！

所以要烹调出真正美味的东西，我们不仅要敬畏食材，还要敬畏火候，无论你用多么高科技的手段进行烹饪，吃调味的同时也是吃火候。火候一词早已用于我们生活的各个方面，在和领导、同事、家人、客户以及恋人的交往中，都需要拿捏"火候"。比如当爱情来临，什么时候该凉拌，什么时候该红烧，什么时候用武火快炒，什么时候用文火慢煨，都是需要经验和功夫的啊！

配搭须知

鲜笋频频自慰／以后和雪里蕻／再以后与牛肉私奔成一道名菜／那是在一个深秋／你让蘑菇守寡或成为剩女／把冬瓜嫁给五花肉／生下泡软饭的汤／面对荤油般的高富帅／芹菜守身不住／以屌丝的体香招惹豆干／通过煳辣煸炒到达高潮／你则身披百合和刀豆／以素者的低姿态／轻轻进入味道

　　谚曰："相女配夫。"《记》曰："儗人必于其伦。"烹调之法，何以异焉？凡一物烹成，必需辅佐。要使清者配清，浓者配浓，柔者配柔，刚者配刚，方有和合之妙。其中可荤可素者，蘑菇、鲜笋、冬瓜是也。可荤不可素者，葱、韭、茴香、新蒜是也。可素不可荤者，芹菜、百合、刀豆是也。常见人置蟹粉于燕窝之中，放百合于鸡、猪之肉，毋乃唐尧与苏峻对坐，不太悖乎？亦有交互见功者，炒荤菜用素油，炒素菜用荤油是也。

我在北京天下盐餐厅创制过一道"青菜煨牛肉"，即用芥菜炝炒牛肉片，然后用文火边煨边吃，下酒下饭，一绝。我在菜谱上这样描述：在豆浆与油条、萝卜与牛肉、才子与佳人的搭配中，牛肉是最服青菜这种天生丽质的，是荤和素天生而性感的完美搭配。

　　每一样食材都有自己的德行，即有各自的性格和脾气，这与生长的气候和地理环境有关。所以你需要在烹之时给以尊重，在调之中加以敬畏，否则它就会发脾气，甚至会反抗，成为一道难以下咽的菜肴。比如袁老先生提到的可荤不可素的葱韭，时下人们喜欢把它们一根根穿成串烤着吃，我的感觉是，它们除了不是美味以外，还会反抗着让你难以嚼断而嵌进你的牙齿。所以由春雨剪下的小巧可人的韭菜，我以为最适合嫁给肥三瘦七的猪肉而成为夫妻恩爱的饺子。

　　食物的搭配，是要论成分和讲究门当户对的，资产阶级的海参和小资的葱结合而成为名菜"葱烧海参"，并且只能是葱的味入席，葱的形再苗条也是上不了桌的，即葱只能是海参的二姨太或二奶什么的。其实海参在民国初期就明媒正娶了许多房而成了名菜：广东的虾子扒海参；北京的奶汤海参；福建的三鲜焖海参（搭配有鱿鱼和鱼肚）、鸳鸯海参（搭配有白鸽和火腿）等。这些与海参结合的食材都算得上门当户对。如今举国上下流行的一道"小米煨海参"，可以说是贫下中农的妹妹与大资本家海参哥哥自由恋爱的典范。

如果以"相女配夫",即"视女子的美丑来选择丈夫"作为食物相互搭配的准则,那么像"小米煨海参"之类门不当户不对的菜肴都是不合乎婚嫁常情的。比如由我亲自做媒结合而成的恩爱菜肴——"盐菜烧鱼翅"和"蟹黄煨茄子",本应该是江南水乡的蟹黄姑娘与鱼翅公子的结合,以及武陵山区的盐菜小妹与茄子哥哥的配对;还有"酸菜炖鲍鱼"、"大头菜炒鲍鱼丝"、"圆白菜炒鱼翅"等,都是冲破世俗的牢笼而结成眷属的可菜儿啊!

而袁老先生说的芹菜可素不可荤,是局限于他老人家那个年代的地域饮食习惯的,如今一道遍布天下的"芹菜炒肉丝",证明芹菜也是可荤的。对于芹菜,《随园食单·杂素菜单》有这样的描述:"芹,素物也,愈肥愈妙。取白根炒之,加笋,以熟为度。今人有以炒肉者,清浊不伦。"充分表达了袁老先生以清配清、以脆配脆的食材搭配思想。

如果芹菜炒鲜笋有姐妹的味道,那么芹菜炒豆干有夫妻的味道,芹菜炒牛肉丝就有情人的味道;芹菜常常是既做主料妻子,又做调料情人。而一道"西芹百合"从形式到口感都有同性恋的味道。

要成为一道传世的美味佳肴,食材之间要经过一次次的悲欢离合,才能合二为一幸福入味而成为绝配。除了豆浆和油条、芹菜和豆干以及青菜和牛肉之外，绝配的还有豆腐和鱼、魔芋和鸭子、丝瓜和牛蛙、椿芽和鸡蛋、回锅肉和白米饭、腐乳和馒头、花生米和白酒，等等，并且食材之间的和谐搭配，也有不经意间的一见钟情。

在我玩菜近四十年的生涯中，明中暗里撮合过许多对门当户对或门不当户不对的食材成为美味佳肴：胡萝卜红烧肉（情人味）、方竹笋炖肥肠（铁哥们儿味）、干墨鱼煨猪蹄（老夫少妻味）、蟹黄土豆泥（闺蜜味）、青菜炒豆腐（初恋味），等等。特别是相依相偎的胡萝卜红烧肉，当它们相互赋味而坠入肥而不腻的情网，这时红烧肉的红和胡萝卜的红，在深深的甜处融汇成了红颜的红。

洗 刷 须 知

她用镊子轻轻夹去／粘在月亮上的一片羽毛／然后用星星擦洗午夜这
匹海带／清炖／让黑暗流出月光的汤汁／温柔的吃口／在纯素里遇到
了腴滑／又在恋爱中感到了咸鲜／抽去白筋的梦里／一个厨子正给一
面镜子焯水

洗刷之法，燕窝去毛，海参去泥，鱼翅去沙，鹿筋去臊。肉有
筋瓣，剔之则酥；鸭有肾臊，削之则净；鱼胆破，而全盘皆苦；鳗涎
存，而满碗多腥；韭删叶而白存，菜弃边而心出。《内则》曰："鱼去
乙，鳖去丑。"此之谓也。谚云："若要鱼好吃，洗得白筋出。"亦此
之谓也。

现在我还清楚地记得1986年夏天的一个下午，吃货哥们儿李权（李三）在他家宴客杀鱼的情景：将一条近三斤重的鲤鱼去鳞剖肚除净内脏后，小心翼翼地在靠鱼鳃处割一小口，将鱼体用菜刀拍一下（使肉松弛），然后从鱼脊一侧用镊子轻轻拉出一根橡皮筋似的白筋，接着从另一侧又拉出一根。李权说，这两根白筋便是造成鲤鱼腥味的罪魁祸首。之后我下厨宰鲤鱼时，都照着三哥的样子，把那两根白筋轻轻拉出。这就是袁枚所说的"若要鱼好吃，洗得白筋出"吧。

上灶做菜之前，对食材的细致清理和洗涤特别重要，它会对接下来的烹调直至成菜后的口感产生重要的影响。小时候，有一次我一边掐四季豆一边看娃娃书，没把筋拆干净，做出来的四季豆吃得全家人满口筋筋，还挨了哥哥一筷子头。

对食材的细腻处理，我看得最多的要数母亲对猪肚的整治。母亲先把猪肚放在清水里洗去污秽黏液，然后放进开水锅中煮至白脐结皮取出，再放在冷水中用刀划去白脐衣和秽物，去掉内壁的油污。再取少量的醋、食盐搓擦，以去除臊气。最后用清水冲洗肚子至无滑腻感时切成条，与浸泡发涨的黄豆、姜、葱、白酒、醋、白糖、盐一起同炖三小时，放学回家五十米以外都闻到了香气。

小时候，没有自来水，洗菜洗衣都在同一条穿城而过的酉水河里，吃的水是去水井里挑。那时最喜欢洗的蔬菜就是包包白（圆白菜），几乎就是把它浸进水里，然后提将起来就算洗完了。最怕的是母亲叫我去洗菠菜、白菜之类的，有时菜里面还夹有大量的人畜粪便（那时没有化肥，不过煮出来比现在的菜好吃），遇到这种情况，我多半是先将外面两层叶子拔下来远远地扔向河中心，只洗里面的菜心就完事了。不过这样回家往往会被母亲训斥。

勤俭节约的母亲常常要求我们，不要随便扔掉能够吃的东西。有一次，母亲叫我去河边洗两棵包包白，回来时母亲发现包包白的梗没了，立马叫我去捡回来。谢天谢地，那两只包包梗还没被我扔掉，还在我蹲过的那块石头旁边。拿回家，母亲削去菜梗的皮，丢进泡菜坛子里。过两天母亲把它们捞起来剁成细末，起一个五成热的菜油锅，先放干辣椒节及几颗花椒炸香，再倒入细末炒至飘出泡菜香，加蒜苗花炒转起锅，香、辣、脆，下饭的典范。从此，我学会了把白菜、青菜、西蓝花等本应丢弃的梗削皮之后拿来泡，或炒或拌，许多时候会达到意想不到的效果。

袁老先生能把食材的洗刷列入《随园食单》，可见他对此的重视。二百多年前他就总结出了烹饪中的洗刷方法和注意事项，不是一个大吃货，是讲不出这些道道来的。"鱼胆破，而全盘皆苦"这一道理人人皆知，不过杀鱼时常常会不小心弄破了胆，老先生就没给出解决的办法了。有一次，我看见李权兄（那时我和诗人李亚伟常去他家喝酒）不小心碰破了鱼胆，只见他立马用小苏打涂抹在被污染的鱼肉上，再用清水反复漂洗，苦味便消失了。据说这是由于胆汁具有酸性，小苏打（碳酸氢钠）呈碱性而化学反应掉了。

千千万万的食材，就有千千万万种洗刷方法。比如，要大大减少黄花鱼的腥气，就得把鱼头顶的皮撕掉；去猪肝、猪心的秽气，放些面粉在上面擦一下就行了；要去蘑菇里的泥沙，就在清洗发好的蘑菇里撒入少许精盐，用手轻轻揉一下，再用清水冲洗即可。最后值得一记的是：1987年冬天我和诗人李亚伟在家乡酉阳开了一家"OK火锅店"，这成了我以后餐饮职业生涯中的第一步。一天，李亚伟去附近的雅浦泉水井洗一整只牛大肚（他以前从没做过类似的劳动），两手冻得通红地回来对我嘀咕了一句：像洗一笼蚊帐！

调剂须知

糖醋轻轻地 / 浸进甜酸 / 在味道的一端 / 遇见宫保 / 另一端 / 邂逅鱼香 / 如同姐妹俩 / 通过花椒和姜 / 在看得见醇香的酒中 / 同时爱上了辣的尖端 / 爽口的光芒 / 那营养的 / 淡淡的忧伤

调剂之法，相物而施。有酒、水兼用者，有专用酒不用水者，有专用水不用酒者；有盐、酱并用者，有专用清酱不用盐者，有用盐不用酱者；有物太腻，要用油先炙者；有气太腥，要用醋先喷者；有取鲜必用冰糖者；有以干燥为贵者，使其味入于内，煎炒之物是也；有以汤多为贵者，使其味溢于外，清浮之物是也。

偶然读到一则报道，说"神舟七号"上宇航员的伙食有鱼香肉丝、宫保鸡丁等。这让我好奇，在中国八大菜系近十万道菜中，为何偏偏选上了川菜中的鱼香肉丝和宫保鸡丁？我觉得，大概是因为这两道菜有一个共同点，那就是味型都属于糖醋。糖醋安放在泡辣椒等物上，成就了鱼香；糖醋安放在干辣椒等物上，成就了宫保。而这种淡淡的忧伤般的淡淡的糖醋，与酒的激情深处一点点辣红的相拥，便是大多数中国人民所喜欢的口味，既下米饭又下馍饼。

　　能否用好糖、醋、酒、酱、油、芡，我认为是检验一个厨人是否高手的标准。特别是糖和醋的处理与运用，使其放糖不甜加醋不酸，而后又会有一种回甜回酸，再加上葱、姜、蒜、酒并经过高温所形成的香，就得到了爽口宜人的荔枝味。显然，袁老先生是用糖、醋、酒、酱等的高手。在他之前，还没有哪一位把糖、醋、酒、酱等的运用，这样系统地从实践上升为理论。从古至今许多文人的美食写作，都把味道放在了糖、醋、酒、酱之外，这并非有意识的忽略，而是完全的无知。

　　其实我们的祖先很早就把盐、醋、酒、酱、糖等用于调味了。不过以酱、醋、酒、糖等复合而真正形成一种流行口味，比如鱼香味、宫保荔枝味等，则是清末民初的事了。这些口味至今依然震荡着我们的口鼻腔。我记得小时看见母亲做菜，母亲喜欢把白酒、米酒（醪糟汁）、醋、白糖、海椒酱、甜酱及橘皮等用来调味。焖炖牛羊肉这些膻气较重的，母亲会加些白酒、醋和橘皮；煮鱼时会放些米酒和醋，母亲说既能解鱼腥又能使之发出馋人的鲜香气。有一次母亲炝炒绿豆芽，在用大火快炒之时，沿锅边放香醋，当白烟从锅中升腾而起的时候，我闻到了一股让人口水长流的似醋而非醋的芳香。后来母亲说，豆芽里放点醋，既可使豆芽脆嫩又可消除豆芽里的豆腥气。这让我受益至今。

有一次，我学炒豆芽时，不小心多放了醋，站在一旁的母亲看着我尴尬的样子说，没关系二毛，你试着加点米酒进去。果然加入米酒之后，立马减轻了豆芽的酸味。当时我想这醪糟汁真神啊！于是以后我对醪糟汁特别有感情，试验着用它来做各种小吃和菜式，甚至用它来替料酒和白糖而大获成功。

前不久参加搜狐美食频道的吃货游行团，我在四川自贡站与一当地名厨PK，做了一道回锅肉，前提是必须用当地产的食材和调味料。当我去到菜市场，看见一太婆在卖自制的醪糟时，突然来了灵感：用本地醪糟汁加热替代外地产料酒和白糖（加热醪糟汁是绝招，可使回锅肉更滑嫩）；用本地产豆瓣酱、辣酱及干辣椒面替代厚味且红艳的郫县豆瓣。当一盘香醇味润、红艳腴糯的回锅肉上桌，只见早已提着筷子等候在餐桌边的吃货团成员张元、刘春、李亚伟、周墙、海波等一起饿狼般扑了上去……

在北京天下盐餐厅，我也常用自酿的"二毛红"替代料酒和糖烹制许多创新菜式。特别是一道"火爆三样"（猪腰、肝、里脊），在猛火快炒时沿锅边喷入"二毛红"，再快炒几下起锅，就可以下酒下饭了。那种香、脆、嫩，是一般的料酒难以做到的。我还喜欢用啤酒做菜，在上世纪80年代就做过烧魔芋啤酒鸭、煮泡菜啤酒鱼、煨土鸡啤酒甲鱼等，在烹饪这些菜肴时只加啤酒不加水。在用一些腥气较重的食材如腰花、豆芽等做凉拌菜时，我是用啤酒而不是用水来焯的，这样可达到意想不到的口味。大家不妨一试。

用纤须知

把某个清晨 / 挂上太阳之糊 / 油炸成好日子 / 把某个夜晚 / 浆上月光之芡 / 慢煨成两个人的缠绵 / 滑嫩 / 喃喃的鲜 / 是谁在揉捏历史这个肉丸 / 用粉 / 用拉船的纤 / 在流淌着的米汤的河流中 / 我看见黄昏这口大锅里煮着光线

　　俗名豆粉为纤者，即拉船用纤也，须顾名思义。因治肉者要作团而不能合，要作羹而不能腻，故用粉以牵合之。煎炒之时，虑肉贴锅，必至焦老，故用粉以护持之。此纤义也。能解此义用纤，纤必恰当，否则乱用可笑，但觉一片糊涂。汉制考齐呼曲麸为媒，媒即纤矣。

记得平生第一次认识芡这个东西，是小时候想偷嘴，站在一旁看母亲炸酥肉时用的那种蛋豆粉，即用鸡蛋和豌豆粉（全青豆粉）按六个鸡蛋一斤干豆粉的比例调制而成的芡糊（手提起时能流成线状即可）。当一片片五花肉码上盐再挂上芡糊，在菜油锅里渐渐地被炸成金黄，还没等到偷嘴，外酥里嫩这个词，早已在脑海里外酥里嫩了。

以后发现母亲炒腰花，切好之后，除了码盐拌上醪糟汁，还要用湿芡粉把腰花抓匀；临起锅时，还要向锅里的腰花浇上用汤、酱油、醋、白糖、干豆粉等调制而成的滋汁，尽是润滑香脆的吃口啊！于是从芡的润滑中，油然而生成了嫩、滑嫩、柔嫩、细嫩、脆嫩、酥嫩、粉嫩等这些色香之词。

其实用芡至少在周代就已经开始了。夏、周时，有一道祭祀先帝和供宫廷内享用的雉羹的主菜，据传是由我国古代帝臣之属的著名厨师彭铿所创，雉即野鸡，是古代禽中上品，它肉质嫩且味道鲜美。彭大师将野鸡宰杀、治净，切成块，入鼎加水煮熟，再加藿（豆叶）或菰（茭白）块及五味烧煮后，用碎稗米粉调和为羹。显然，这里加入的碎米粉就是一种勾芡。

我觉得非常有意思的是，袁老先生对所用的"纤"字作出了十分形象的解释："俗名豆粉为纤者，即拉船用牵也，须顾名思义。因治肉者要作团而不能合，要作羹而不能腻，故用粉以牵合之。"最后袁老先生干脆把纤（芡粉）叫做媒，而这"媒人"把煎炒和火候，肉圆子的肉和口感连接在了一起。

我在北京天下盐餐厅做的许多菜式，如鱼香肉丝、小滑肉、白油肉片等，喜欢让厨子们用红苕芡粉，成菜之后红苕芡粉柔滑而厚润，附在肉的表面极富口感。作为烹调中的增稠剂和黏合剂的芡粉，因制作原料上的不同，可分为绿豆粉、豌豆粉、蚕豆粉、芡实粉、菱粉、红苕粉、藕粉、土豆粉、玉米淀粉等。由此调制的浆、粉、糊、汁、芡，不仅增加菜肴的美味和美观，还可对食物起到保护层的作用。这便是袁老先生的"煎炒之时，虑肉贴锅，必至焦老，故用粉以护持之"。既防止了营养成分流失或被破坏，也可避免动物蛋白接触高温焦煳而产生苯并芘等不利健康的物质。

1984年的夏天，我作为莽汉派诗人的代表，流浪到涪陵哥们儿、诗评家巴铁处。那个时候巴铁就能做一手好菜。当他起个猪油锅，正准备炒一道红椒木耳肉片时，突然发现芡粉没了。于是他立马抓了些奶粉快速码进肉片下油锅翻炒，那淡淡的奶香和从红白黑透出的滑亮，是我平生第一次见到用奶粉替代芡粉做菜。而巴铁给我的回答是：它本身就是芡粉！

我老家重庆酉阳有一道叫"油粑粑（油香）"的小吃，是将糯米和少许黄豆加水浸泡一天一夜，用石磨或机器磨成浆，然后舀入铁皮做成的模具——油香提子里，再加入馅料（肉或者鲊海椒或者豆干等）之后油炸而成。守在锅边，现炸现吃，外脆内嫩，越吃越香。有一次，我突发奇想，把虾滑码味之后再裹一层油粑粑浆糊，放入菜油锅炸成金黄时捞起来下酒，哎哟哟，那触及口腔的粗香细滑吃口，是挂个什么二流芡或者蛋豆粉所达不到的。

　　其实做菜时对芡汁浓度的拿捏，除了凭经验，还要凭感觉，感觉火候和感觉浓淡。否则就会像袁老先生说的"……纤（芡汁）必恰当，否则乱用可笑，但觉一片糊涂。"当今中国名菜中的鱼香肉丝、蟹粉狮子头、西湖醋鱼、松鼠鳜鱼等无不是通过芡粉而使其细嫩、滋润和靓丽的。有一次去上海出差，和食评家沈宏非聊天，我们还专门聊到了厨师用芡的重要性。沈宏非说："过去中国厨界有句俗话，就叫做'吃肉吃个芡'"……

时节须知

在三月 / 味蕾如花朵 / 盛开食欲 / 一枝椿芽 / 从寒冷中伸过来 / 想要 / 和鸡蛋爱在一起 / 暖暖的 / 软软的 / 通过烘的抚慰 / 呈现那一种春的口味 / 其实那是一首情诗 / 插入娇嫩的三月 / 好深好深的香啊

夏日长而热，宰杀太早，则肉败矣。冬日短而寒，烹饪稍迟，则物生矣。冬宜食牛羊，移之于夏，非其时也。夏宜食干腊，移之于冬，非其时也。辅佐之物，夏宜用芥末，冬宜用胡椒。当三伏天而得冬腌菜，贱物也，而竟成至宝矣。当秋凉时而得行鞭笋，亦贱物也，而视若珍馐矣。有先时而见好者，三月食鲥鱼是也。有后时而见好者，四月食芋艿是也。其他亦可类推。有过时而不可吃者，萝卜过时则心空，山笋过时则味苦，刀鲚过时则骨硬。所谓四时之序，成功者退，精华已竭，褰裳去之也。

清明是吃的分界线。

上一年的腌菜，自此开始充分发酵。

谈到时节，我突然觉得我们这个时代的食品离袁枚老先生的"随园"越来越远。这还不仅仅是已经消失了的三月的鲥鱼，正在消亡的一边走一边啄虫子的鸡，而是四季食品的颠倒和杂乱无章，使得当代的许多年轻人根本分不出番茄、黄瓜、茄子等蔬菜究竟应该在哪个时节正常成熟。

所以胡乱地吃，是我们这个时代的吃相。差不多近三十年来，我越来越感觉到茄子和番茄没有经过夏天灿烂阳光照耀的那种陌生的味道，在冬天偏离了辣的方向的青椒，以及冬天一脸铁青的四季豆和豇豆。那些正当季节的、耀眼的、曾经照亮过我们幸福生活的茄子、番茄、青椒、四季豆、豇豆等都去哪儿了？我不止一次问自己，那些带有金黄色的太阳的味道哪儿去了？我越来越感到一股极其强大的反季节和转基因食品的力量，在推动着中国饮食朝反味道的方向前行。

记不清我从哪年开始，做番茄菜加起了白醋，因为不这样就吃不出番茄的那种甘酸味道。关于番茄，在我的记忆里，它应该是红在七八月里的，与豆腐同煮，不仅番茄的鲜香味能浸透豆腐，而且还能把豆腐染红，顿时让你生津开胃。其实我是不太喜欢冬季的，因为我天生怕冷。不过一旦进入秋天，我还是盼着霜降快些到来，因为霜降之后我就可以生吃白萝卜了，那种脆、酥、甜且多汁，是霜降之前所没有的。这样可以一直吃到来年的春天，但清明节一过萝卜就会空花、淡味而不中吃了。

清明可以说是一个吃的分界线。从清明开始，在上一年秋冬时节腌制的坛子菜，不管是盐菜、冬菜、大头菜还是鲊海椒、酸海椒，都会随着夏天的到来而得到充分的发酵。那种沁人心脾的乳酸香，似乎专门是为了应对三伏天到来时，搭配那碗粥、抚慰那只胃的。正如袁老先生所述：当三伏天而得冬腌菜，贱物也，而竟成至宝矣。

这些年来，让我感触最深的是每年开春椿芽菜的如期到来，这几乎成了我应季而食的唯一欣喜。每到这个时节，我会专门深入农村去收寻心爱的土鸡蛋，以便门当户对地来搭配我们的椿芽妹妹。所以我想工业化养殖场的那些鸡蛋，再怎么装，都不能匹配咱们乍寒春暖时那一叶俏椿芽。我们的老祖宗孔子早就说过"不时不食"，即不是季节不到时候，是不能拿出来吃的。最近看到一则报道，一位自称农业专家的人，大声为反季节菜唱赞歌，说反季节不仅无毒无害，而且还丰富了人民大众的物质生活。就算此话成立，但反季节菜的味道和营养就远远不如应季菜。我曾用自然生长的应季茄子与反季的大棚茄子做过细致的口感比较记录，其结果相差甚远。

猪肉也是一样的，三个月出栏的猪，其肉质就远远不如七八个月或一年出栏的；喂生饲料长大的也远不如喂熟粮食长大的。去年与搜狐美食频道去江浙一生态猪场采访拍摄，一下车我就请猪场老总带我去看看猪的厨房。猪场老总当时非常惊讶地说，猪怎么会有厨房呢?！我们把饲料拿去直接喂就是了。我说你们不是说这是完全生态的猪吗？最好吃的猪肉，一定是把饲料（粮食）煮熟来喂的猪，所以猪一定得有具备锅灶之类的厨房。

　　如今想要一年四季按顺序变化而食，早已不是一件容易的事了，除非自己去找一处世外桃源，闲养鸡鸭，按季节栽种，再养上几头大肥猪。不过这也正是我想要去过的美食生活，美食其实也是一种生活方式。

选用须知

阳光中的飘雪 / 我看见反季节 / 在四季之外 / 南北烹饪 / 无从选择 / 石头要鲜活的 / 你在长江的扬州段 / 等洄游过来的漏网之鱼 / 在虚掩着的门后 / 捕捉门可罗雀 / 而在漫天飞舞的鸡毛中 / 你追寻着一只鸡飞狗跳的鸡

选用之法，小炒肉用后臀，做肉圆用前夹心，煨肉用硬短勒。炒鱼片用青鱼、季鱼，做鱼松用鲩鱼、鲤鱼。蒸鸡用雏鸡，煨鸡用骟鸡，取鸡汁用老鸡。鸡用雌才嫩，鸭用雄才肥。莼菜用头，芹韭用根，皆一定之理。余可类推。

清末民初有一道叫做"三鸡汤"的菜，先炖一只老母鸡，然后在老母鸡汤里炖上一只公鸡，再然后在老母鸡及公鸡汤里煨上一只骟（阉）鸡。可想而知，最后那口汤以及公鸡、骟鸡肉的味道，肯定不是一句什么美妙绝伦就能表达的。

这道三鸡汤早已远离我们而去，成为美食界和吃货们的传说。由于大量的工业化生产，不仅走地的、在阳光下自由自在捉虫子的鸡没了，公鸡扇着翅膀追求母鸡的爱没了，而且"骟"这个行业的匠人们，也随着骟鸡、骟猪、骟牛的远走高飞而消失了。

我一直认为尊重食材要从敬畏开始，而这种敬畏又要从食材本身所选择的自然生长开始。没有自然个性的食材，最终便谈不上有什么美味，也就从根本上远离味道的那个"道"了。

两百多年前袁老先生所提出的，"小炒肉用后臀，做肉圆用前夹心，煨肉用硬短勒……"我觉得非常精辟，击中要害，对当今的厨界和美食界依然具有超越时空的指导意义。不过当下无知的厨师太多了，许多餐馆里的小炒肉或回锅肉使用的是硬短勒（五花肉），而肉圆和煨烧肉也是随便选择一些什么鬼肉来凑合。这样怎能让人吃到正味的小炒肉、回锅肉、肉圆汤和红烧肉呢?!

前不久去成都，诗人阿野带我去宽窄巷子一家叫做轩轩小院的馆子吃饭。刚走进四合院，便看见一块块古色古香的木质菜牌悬挂在墙上，有鱼香肉丝、回锅肉、粉蒸肉、大头菜烧肉、藿香烧甲鱼等传统和自创的川菜。想吃什么，你任意摘牌子给服务员，就算把菜点了。

一上桌，吃货阿野便滔滔不绝地给我介绍他在这里吃到过的各种特色菜肴（轩轩小院的合伙人王舸也在一旁一唱一和），特别是这家馆子暗藏着的两大秘密武器：一是馆子里的所有食材都来自双流永安镇自家的四百亩生态种养殖基地；二是馆子的背后，有一位在江湖上被称为一代"菜痴"的川菜大师张元富。所以馆子都是按时令时节来选材出菜的，连炒鸡蛋用的鸡蛋、做皮蛋用的鸭蛋，都是选用基地走地啄虫子的鸡和流水中的鸭子下出来的蛋，并且根据不同的菜品特质，采用不同的自制器皿。

当一道油亮鲜香的回锅肉上桌，我一看，不错，选用的是二刀后腿肉；再一闻，也有米酒和甜面酱的味道（郫县豆瓣是必须的）。不过我立马发现这回锅肉里竟然没有蒜苗。此刻王舸狡黠地对我说，蒜苗这个时候不当季啊！确实我没注意到这一点，但当我夹一片回锅肉入口时，总觉得口腔里少了点什么。其实正是差那一点绿颜知己的蒜苗啊！我认为炒回锅肉时，即便不是当令的即反季节的蒜苗，也应该加些进去，香腴弹润的幸福，怎能少了原配挞子呢?!

我认为淮扬菜系较之其他菜系在选料上更为讲究：一是在当令季节上有"抢鲜"的习惯，也就是在新蔬和鱼品上市之时，抢在刚上市的初期供应。比如，蔬菜以上市半月为上品，韭菜用

"喜鹊尾"，蚕豆用"樱桃米"，油菜用"鸡毛菜"等。刀鱼明前骨刺软，盛暑要吃"笔杆青"，绣球花开鲴鱼熟，螃蟹九团十尖脐等。二是鱼、虾、鳖、鳝、蟹等水产只用活的或者保鲜的，冻品之类少有人吃。三是如袁枚老师所教导，淮扬人选用的是童鸡未鸣尚雄，肥鸡尚雌而未蛋；老鸡炖汤以雌为好，老鸭炖焖以雄养身；鳖不过拳不食；鸡腿宜烧焖显其肥，鸡脯宜炒显其嫩。再如大蟹宜蒸不宜炒，小蟹宜炒不宜蒸等。其实这些应是我们各个菜系的厨人都该学习的。

戒单

戒苟且

吃家袁枚透过炊烟发现 / 一个厨师正离滋味很远处放盐 / 在口感之外恣意草率 / 厨者已不能明辨火候金色的光芒 / 在赏和罚之间徘徊 / 而吃者在咸和淡的交汇处 / 寻找着那一遍适中 / 用激情的酱油和暧昧的玻璃芡 / 修筑一条光滑的味道 / 那上面 / 厨者和吃者在互动中教学相长

　　凡事不宜苟且，而于饮食尤甚。厨者，皆小人下材，一日不加赏罚，则一日必生怠玩。火齐未到而姑且下咽，则明日之菜必更加生。真味已失而含忍不言，则下次之羹必加草率。且又不止空赏空罚而已也。其佳者，必指示其所以能佳之由；其劣者，必寻求其所以致劣之故。咸淡必适其中，不可丝毫加减；久暂必得其当，不可任意登盘。厨者偷安，吃者随便，皆饮食之大弊。审问、慎思、明辨，为学之方也；随时指点，教学相长，做师之道也。于是味何独不然?

当今中国厨师，用"手"做菜的多，用"心"做菜的少，用"爱"做菜的少之又少。他们中的大多数，小学或初中毕业之后，迫于生计不得不去从事门槛较低的厨师行业，直接拜师（有许多是代代相传或者亲戚朋友之间的传帮带）或者先进入厨师学校。然后，从水台（杀鸡杀鱼等）、打荷、墩子（配菜）等开始，在厨师长或行政总厨的关照下，向着二荷、头荷、二墩、头墩、尾炉……三炉、二炉、头炉进军！厨师们每升一步，都意味着身价的增长。

养家糊口以及尽快在农村老家修建一幢房子，成了多数厨师前进的动力；在厨房里拉帮结派或密谋跳槽或黑吃供货商，成了部分厨师或厨师长的常规动作。袁老先生在清朝就发现了厨师马虎行事的毛病，于是提出知味者或主人要调教厨师并建立奖惩制度，天天都要有赏罚。

二十多年来，经过我考核、任用、调教的厨师长二十余人，厨师也成百上千。从上世纪90年代初开始，就给他们讲唐代的吃、宋代的喝，《红楼梦》的玉馔、《金瓶梅》的佳肴，等等，但真正听进去并付诸实践的大概也只有一二，这是我从事餐饮行业以及探索饮食文化近三十年来的最大悲哀：我认为没有以传统食文化为基础的餐饮文化是不会长久的，近十年来用异地食材当地烹调手法创制的所谓"新派菜"基本都是浮躁的表现。

从食材到成菜，用什么态度去对待它，我认为是衡量一个厨师是用"手"做菜还是用"爱"做菜的唯一标准。拿一个土豆来说，从采买进货开始，做土豆泥就用沙地"面"的，做土豆丝就用黏土地"脆"的，但厨师往往把它混为一谈；其二是不爱惜食材，削皮时为了快、好削，往往削去一大半；其三是切配粗细不均厚薄不匀；其四是不注意火候和烹制的时间，要不"脆"得过生，要么"软"得碎烂；其五是不思创新，土豆是蔬食类最可以花样百出的食材，但我们走进餐厅碰到的，不是丝就是泥。

袁老先生曾为他的大厨立传《厨者王小余传》：有人向王请教烹饪技巧，他回答说："很难用语言来表达。做厨师我像做医生一样，我以自己的经验来判断原料的特点以及它们适合做哪些菜，并且还要非常小心地注意菜肴与水火之间的配合，只有这样，才能做出适合众人之口的美味佳肴。"多么恰当的比喻，做厨子要像做医生一样，厨德如医德，厨艺如医艺，细致而温柔地把握火候，望、闻、问、切般地做菜。"我尽心尽力地为他人做菜，每献上一道菜，就仿佛我的五脏六腑也随同献上去了……"这便是做菜的最高境界——用爱做菜。这也是为什么母亲做的菜最好吃。

当今厨师队伍不仅需要奖罚制度，而且需要技术上、文化上、创意上的大量调教和培训。一年春天，我在北京王府井书店看书，偶然碰见以前在我餐厅做过凉菜的师傅。我问他看什么书，他说开春了，老板叫他出些新凉菜，就来翻翻菜谱。这算好的，从书本上借鉴和学习。据我所知，现在各个大菜系的厨师在各自不同的城市，相互用电话或互联网通报着当地最新流行的菜式，以便大家及时利用。当然这样的结局是举国上下"水煮鱼"。其实真正的美食在当地，当地的美食在民间，我们的厨师首先应该向民间学习。

中国食文化的发展，也特别需要有文化的"知味者"来推动，去做袁老先生所说的"深问细究，慎思明辨"的工作。古代已有诗人苏东坡、画家倪瓒、戏曲家高濂、文学家朱彝尊、袁枚等作为榜样。但遗憾的是，在当今的文学艺术家中，恐怕很难找到一个同时在饮食上也如此高手的人了。

戒外加油

你把吻、初恋、亲亲、怀春这些细嫩之词 / 挂上抒情之糊 / 投入诗人的油锅 / 油炸至语言金黄香脆 / 在肥而不腻的蜜月中 / 一条鱼被形容成一个词 / 游进了麻辣 / 沉入豆芽的底部触到了水煮 / 这时背影遮住了味道 / 是谁在香煎一只养生的鸡蛋 / 让一轮明月在明油中升起

  俗厨制菜，动熬猪油一锅，临上菜时，勺取而分浇之，以为肥腻。甚至燕窝至清之物，亦复受此玷污。而俗人不知，长吞大嚼，以为得油水入腹。故知前生是饿鬼投来。

1985年的冬天，诗人万夏从成都"空降"至大西南边远山区的酉阳县。在漫天飞舞着的大雪的背景之中，他用酱油、白糖、醋、香葱和韵脚调拌着折耳根（鱼腥草），然后在热锅中加入激情和菜油，将干辣椒节和几粒花椒快速炒煳炒香，旋即泼淋在洁白清脆的折耳根上。我顿时眼睛一闪亮，一股超现实主义的白烟夹杂着浪漫主义的煳辣之香扑鼻而来。不好意思地说，这是我的吃喝生涯中，第一次见到用热油泼向凉菜的外加油。

油水这个东西，大家都是喜欢的，不论是油水本身，还是它的引申意义。特别是在那些凭每月每人半斤菜油票供应的年月里，一家人储存猪油的多少，成了衡量这家人富裕或者贫穷的标准。油水多的人家，小孩面相肥头大耳，于是前程似锦；缺油水的人家，小孩面相尖嘴猴腮，于是前途渺茫。所以我母亲毛荣贤很快就认清了形势，给我认了一个当杀猪匠的舅舅，在食品公司工作的姑爹以及当政府招待所所长的大姨伯。充足的油水让我肥头大耳，我得意的母亲领着我逢人便说：你看我二毛从小都没脱过奶膘（白白胖胖）！

所以我反而能理解袁老先生说的动不动就熬一锅猪油的那些俗厨，在那黑暗的旧社会，有多少人能像你袁老先生那样油水（含爱情）充足呢？！在这从饥饿中产生美食的国度里，袁老汉只从技法的角度谈论外加油的毛病，我认为就有些饱人不知饿人饥了。那时举国上下只要是吃猪油的地方，当春节来临之际，每家每户都会存上几大坛猪油以备来年之用。

事实上，我是因近二十年油水不断充足，这才开始讨厌厨子在起锅装钵的菜汤里再勾上几滴外加油的做法的，觉得这是中国厨界最没技术含量的传承。也许深知人生该从浓郁转向清淡了，在这之前，我喜欢撇起汤上的油水泡饭，甚至童年时母亲刚炼好的猪油，香得就想端起喝上几口。

其实许多菜式少了油或者少了外加油是不香醇的，比如时下红透整个中国的川菜，基本靠川菜的四句行业用语占据了江湖老大的位置：一是辣而不燥；二是亮油抱汁；三是柔韧有劲；四是油而不腻。其中亮油抱汁是巧妙用油用火用芡的上乘境界；油而不腻则是方法、调料、火候三者对立统一而成的最高烹饪哲学。川菜中的宫保鸡丁、鱼香肉丝、回锅肉、水煮牛肉、水煮鱼等无疑是这些境界中的"油物"。

值得一提的是来自盐都自贡（川菜重要分支的发祥地）盐工们发明的"水煮牛肉"。由于盐场大量打井取卤的牛被不断淘汰，牛肉及其下水成了自贡最便宜、最容易弄到的肉菜。于是盐工们常把牛肉及其下水和海椒花椒水煮于一锅食用。受此启发，上世纪40年代的自贡名厨"范三爷"范吉安以江湖"一辣当三鲜"、"一烫当三鲜"的说法，将各种作料和牛肉片一锅同煮，然后将现炒的海椒、花椒的双椒油泼淋于牛肉汤上，从而用沸油封烫的方法，创造出了口感滑嫩，集麻、辣、鲜、香、烫于一体的中国名菜——水煮牛肉；更有味道的是，当下麻辣地游遍祖国大江南北的水煮鱼就是水煮牛肉的亲亲外孙。

水煮牛肉、水煮鱼是川菜中典型的外加油菜式，餐桌上持续的烫之中的麻辣和烫之中的鲜香，让我们感到了在走向未来的过程中，那油亮的欢乐和滑嫩的幸福。于是我在北京天下盐餐厅保留了川菜中最为传统的水煮牛肉，并在此基础上改进了水煮鱼，举一反三地创作了水煮兔片、水煮腰花、水煮酸菜牛肉等，特别是一道用泡姜、泡椒、泡酸菜制作的微辣的水煮酸菜牛肉，不仅肉片口感滑嫩下酒，而且深藏在滚烫的外加猪油及葱花、芹菜花、蒜苗花之下的那口汤，会让你想泡一辈子的软饭吃。

戒纵酒

在酒之路上／我看见一直摆到天边的席桌／晚霞煨鸡杂下酒／麻辣烘嘈杂下酒／超现实人气下酒／烧烤下啤酒／海鲜下黄酒／孤独下白酒／女朋友下纵酒

　　事之是非，惟醒人能知之；味之美恶，亦惟醒人能知之。伊尹曰："味之精微，口不能言也。"口且不能言，岂有呼呶酗酒之人，能知味者乎？往往见拇战之徒，啖佳菜如啖木屑，心不存焉。所谓惟酒是务，焉知其余，而治味之道扫地矣。万不得已，先于正席尝菜之味，后于撤席逞酒之能，庶乎其两可也。

窗外漫天飞舞，窗内一呼呶酗酒，一两知己，直到鸡叫头遍。

由此看来，袁枚是一个不怎么喝酒且痛恨划拳的人，特别是面对让人口水长流的美味佳肴，怎么能一上桌就猜拳行令烂醉如泥?! 这不是对食材的不尊对美味的不敬吗?! 有道理。

不过在美味佳肴面前，自觉的知味者毕竟是少数，多数人是在参与一种自古以来的娱乐活动，于是酒、下酒菜、猜拳行令和美女便接踵而至。当酒精把菜肴的柔脆腴滑推向美女的酥香红润，呼号喧闹之中妹妹们成了最后的下酒菜，如果这时有一个人要一碗白米饭或担担面什么的另当别论。

酒这个东西从来都是说不清道不明的。你说它是物质的，起到的却是精神作用，常见的是哥们儿几个喝高喝大之后，当场约定明天又在哪儿喝，结果第二天基本石沉大海；你说酒是精神的，它又是粮食和水做成的，还有浑名叫黄汤或马尿什么的。如果酒既是精神又是物质的，那么"酒壮色胆"就是它的最高体现，你就会看见欲望与目标之间"趁机"这个词在蠕动。

其实酒就是娱乐本身，这时下酒菜是道具，美女是布景，猜拳行令或者打胡乱说是台词。在这场大娱大乐之中，无论你是狂喝乱饮，或是浅尝斟酌，花生米和豆腐干都是与酒离得最近的；其次才是卤菜系列的猪耳朵、猪拱嘴、猪尾巴、鸡爪、鸡翅、鸭脖子及鸭脚板等这些活肉，它们都是为了酒而生长的。如果你是喝酒的人，这些油亮郁香的菜肴一上桌就会让你叫喊拿酒来，就如同你看见金黄香腴的回锅肉上桌时直喊来碗米饭一样。

上世纪80年代，我和诗人李亚伟在老家喝酒的情景至今历历在目。我俩常常先是上街称半斤卤大肠，再回家油炸个花生或烧个豆腐什么的，就开始在一张小桌子上对酌。二两老白干刚下肚，哥们兼老酒罐的屈牛、徐得、孙聋子以及昌、三、套等十余莽子陆续鱼贯而入（那时没有电话、手机，事先都不打招呼）。我只好下一扇门铺在小桌子上，赶紧烧火起锅，倾尽家当做腊肉炒鸡蛋、酸萝卜炒土豆片、青椒炒豆豉、腌菜炒苕蕨粑等，又叫一个兄弟提一烧开水的锑壶去街上打一壶老白干（二十斤装）回来。每人二两下肚，便如"拇战之徒"开始"呼呶酗酒"。半斤之后，便开始各自找一对象谈起人生来，直到鸡叫头遍。

那时的纵酒，使李亚伟写下了许多关于酒的诗篇。就1985年一年，恐怕他喝下了三百斤白酒，也写下了三百首酒气冲天的诗。他最著名的喝酒故事，是上世纪90年代在成都的某个深夜，他打电话给诗人马松：这世上什么酒最好喝？深夜酒！于是哥俩立马邀约出门去喝深夜酒。马松也算个纵酒者，但酒量不大，喝醉之后只说一句话：假，唉，背时（四川方言，有遭受的意思）！生性耿直的马哥不喜欢虚假的东西。而这三十年来马哥最喜欢的下酒菜，还是卤猪耳朵和油炸花生。以往马哥衡量一个人是不是哥们儿，是看此人喝不喝白酒；当今马哥衡量一个人是不是哥们儿，是看此人是不是一道下酒菜，显见他的衡量标准提高了一个档次。不是任何人都能轻易当上马哥的下酒菜的啊！不过他常对哥们儿说，他自己只不过是大家的一道下酒菜而已。

　　既然有下酒菜这一说，那么还不能武断地说一个爱喝酒的不懂美食。我倒是觉得如今喜欢玩弄微博的一些人，越来越远离美食。有一次，我请一群编辑记者及文学朋友吃饭，当我带头举筷介绍怎样亲自去菜市买菜，又怎样弄成这桌美味佳肴时，我突然发现他们中的大多数正埋头发着微博。我有些忧郁地感到，若袁老先生在世，他肯定将此情此景收入《随园食单·戒单》，名为"戒微博"：往往见微博之徒，啖佳菜如啖木屑，心不在焉。所谓惟微博是务，焉知其余，而治味之道扫地矣。

戒火锅

夹一片毛肚 / 伸进麻和辣之间 / 穿过烫 / 在鲜的底部 / 触到了深刻 / 而香从脆嫩中升起 / 飘向90后的民间 / 闻到萌的味道 / 滚滚红颜中 / 是谁在翻烫薄命

　　冬日宴客，惯用火锅，对客喧腾，已属可厌；且各菜之味，有一定火候，宜文宜武，宜撤宜添，瞬息难差。今一例以火逼之，其味尚可问哉？近人用烧酒代炭，以为得计，而不知物经多滚，总能变味。或问：菜冷奈何？曰：以起锅滚热之菜，不使客登时食尽，而尚能留之以至于冷，则其味之恶劣可知矣。

每次去重庆，我都会和朋友烫两次火锅：到重庆当天烫上一台，离开重庆的前一天再烫上一台，总觉得这样重庆之行才算完善。去年秋天，我和美食家黄珂一起回重庆参加活动。临回北京的那一天，我们去了解放碑的"五·二老灶火锅"，点了两份毛肚，一份鸭血，一份老肉片，一份平菇，一份黄豆芽，一份豆腐皮，一份莲花白，直接要了两碗白米饭。在波涛翻滚的红汤面前，咱兄弟俩上下左右地不断翻烫，大口大口下着干饭。此刻，说任何一句话都是多余的。

　　从古至今，火锅作为一种传统饮食方法，四川和重庆叫"吃火锅"或"烫火锅"，北京叫"吃涮锅"，广东叫"打边炉"，而江南一带叫"吃暖锅"。袁老先生叫喊着要戒的火锅，其实就是"暖锅"，即把不同食材一锅煮熟后，倒入底下燃炭或烧酒的暖锅。我认为不根据食材的特性，在同一火候下一锅煮的方式确实该戒，至少这是一种不尊重食材的举动。有一次，我和出版人陈琛陈胖子一起吃海鲜火锅。高汤刚滚开，琛哥立马起身将一盘又一盘的象拔蚌、墨鱼片、鲍鱼、牡蛎等一股脑倒进锅里。大家都望着他，琛哥还以为这是东北人的豪爽呢。

　　不过被我定义为麻、辣、烫、鲜、香、和的重庆火锅，就不能随便戒了。重庆火锅讲究不同食材分门别类地下锅烫涮，烫涮的时间也不同。比如，烫毛肚，夹一片毛肚投入翻滚的红色波涛之中，默念口诀：上三下，下三下，左三下，右三下，就吃得了。一般是猜拳行令饮酒作乐接近尾声时，才把平菇、黄豆芽、莲花白这些裹油拖味的素菜倒进去，并舀上一碗白米饭来圆满收场。

重庆火锅的出现，大致在民国初期。起初只是一种摆在街头的担担小吃，先是在江北，客人们围坐在一只泥火炉边，各认定一格（锅里有井字形木制格），把牛肉和毛肚放进格内，再打二两烧酒，边煮边吃边聊民国众生。这种担担很快遍及重庆的街头巷尾及码头港口。到了上世纪30年代，一些会经营的担担主纷纷荣升为经理或当上老板，开起了堂堂正正的毛肚火锅店。

诗人万夏是重庆火锅的深度爱好者，除了毛肚，他最热爱的便是烫涮平菇（平菇特能吸入有滋有味的汤料）。上世纪80年代，万哥不仅常从成都去重庆吃火锅，还自己在家里熬一大锅牛骨头汤，起一个混合油锅（牛油和菜油），放入姜、蒜米、郫县豆瓣、永川豆豉炒香；然后，掺入牛骨汤，下料酒、醪糟汁、辣椒、花椒、草果、桂皮、大茴、盐、冰糖于锅中一同熬制成一大锅火锅底料（舀上一两瓢底料，就可以吃上一次火锅），以便接待那些来自全国各地的诗人。如今在北京成为出版人的万夏，很早就誓言打死也不搞餐饮。不过前不久他突然对我说：我们搞家重庆火锅嘛，看要好多钱，我来投。看来万哥对麻、辣、烫的火锅实在难以忘怀。

2010年冬天，我帮朋友杨学军、杨絮在北京春秀路策划和设计"杨家火锅"。如今在老板郭大立的经营下，80后、90后美女纷纷排队跃入汹涌的红汤，更有歌后王菲、主持人王刚、导演张元等众多名流前赴后继地奔向麻、辣、烫的滚滚红尘。央视主持人张越提起，她有次去杨家火锅排队等那张唯一的大圆桌，得知在大圆桌上涮烫得正酣的是王刚时，她便走进去"命令"王刚十分钟之内必须吃完走人。事后，我问起王刚，他赞扬说：这世上竟然有如此好吃的东西！

一种饮食一旦成为某种时尚，将势不可挡！袁老先生的教导不无道理，特别是"各菜之味，有一定火候"。不过，吃火锅不仅吃味道，同时吃亲切、吃热闹，重庆火锅的"和"即是如此。那么请问袁老先生，这样的火锅戒得了吗？

戒停顿

在秧苗长成粮食的过程中 / 不要立夏 / 挡住成熟 / 停顿在谷雨之中 / 然后把人生煮成夹生 / 让时间在秒针上发霉 / 当老鼠在丰收上打洞 / 你在稻田里垒起柴火灶 / 静静地等米下锅

　　物味取鲜，全在起锅时极锋而试；略为停顿，便如霉过衣裳，虽锦绣绮罗，亦晦闷而旧气可憎矣。尝见性急主人，每摆菜，必一齐搬出。于是厨人将一席之菜，都放蒸笼中，候主人催取，通行齐上。此中尚得有佳味哉？在善烹饪者，一盘一碗，费尽心思；在吃者，卤莽暴戾，囫囵吞下，真所谓得哀家梨，仍复蒸食者矣。余到粤东，食杨兰坡明府鳝羹而美，访其故，曰："不过现杀现烹、现熟现吃，不停顿而已。"他物皆可类推。

三十年来，我特别怀念在老家酉阳的姑姑牟忠玲家吃的那些饭。不论是以前住单位上的老式房子，还是现在自己修建的洋式房子，她家煮饭的灶和吃饭的桌子永远在一间屋子里。这给围坐在桌子边，一边喝酒一边享受着一盘又一盘热气腾腾的美味佳肴的人平添了许多意想不到的亲切和快乐。

姑姑会先上现炸的花生米、从锅里捞出来现切的香肠，还有拌香菜萝卜丝、青椒稀皮蛋等几个凉盘，让我们几个老大爷们儿先喝酒吹牛。接着炒菜之声四起，不一会儿姑姑端上一盘泡椒泡姜爆腰花，只见七八双筷子穿过升腾的热气，第一时间各自夹住一块腰花，又同时送入七八张洞开的嘴巴，口腔中烫呼呼的幸福的脆嫩同时迷醉了七八双眼睛。接下来芹菜豆干炒牛肉丝、青笋烩肚条、龚滩苕粉烧酥肉、炝炒菜脑壳等陆续上桌。做菜的间歇，姑姑一会儿翻了一碗热气腾腾的烧白上来，一会儿舀来一碗菜豆腐，吃的我们几爷子前半小时几乎说不出话来。

现在想起来，这种现炒现吃且传菜距离极短的菜肴，确实要比等大半天才上来一个菜有口感得多。记得上世纪80年代，在老家的龚四面馆叫一份火爆腰花，老板四哥就是现取一个腰子，洗净剖开撕去皮并去掉腰臊，然后现剞花刀现码味迅速下热油锅，几勺就起锅上桌了。吃的时候还要趁热，不要停，腰花一凉就不好吃了。

炒回锅肉我有一个深刻的体会，二刀生墩肉（后腿肉）治净刚煮过心，捞起来趁热切片下锅，即现煮现切现炒现吃，这样的回锅肉才既弹口又软糯，比起现在大多数餐馆煮一大锅五花肉用来炒几天的回锅肉好吃十倍。咸烧白第一次新鲜出笼还不是最好吃的，要回笼再蒸一次才更加丰腴出味。不过粉蒸肉要吃头笼蒸出来的，再回笼会因水气加重而稀释粉子破坏了口感。

其实小时候常遇到"厨人将一席之菜，都放蒸笼中，候人催取，通行其上"的境况。父母把饭菜做好了怕冷掉，就把碟盘碗盏叠加起来在热锅里保温，等我们放学回来吃个热乎。那时能吃个饱都不错了，哪还讲究得起什么停不停顿哦。

现在有吃的了，反而开始穷讲究起来，鱼要吃跳，鸡要吃叫。说起鸡要吃叫，在当今北京城已成过去（当年因"非典"禁止摆摊设点宰杀至今），想吃叫的只有去郊区农民家里。有一年，我和朋友开车去河北涿州一乡村，农民哥们儿现宰了一只公鸡炖汤来热情地招待我们。那是我定居北京以来，第一次吃到像自己老家一样醇香的鸡肉和汤。临走，我们还带了四只活鸡回京，当晚就现宰现烹，用以招待那些日夜思乡的哥们儿和朋友。

去年9月到云大讲课，云大艺术与设计学院院长李森专门带我和导演李杨（导《盲井》、《盲山》那位）去昆明郊区他一兄弟赵哥家做客。汽车盘山而上，不一会儿到了一家院落停下，刚下车就看见有一人拿着一把锋利的小刀剖着黄鳝，旁边一厨子正静候着拿去下油锅呢。我顿时想到，袁老先生在广东东部杨兰波县

物味取鲜，全在起锅时及锋而试；略为停顿，便如霉过衣裳。

令家遇见的，差不多也是这样现杀现烹鳝鱼的情景吧。

随后，主人家赵哥现夺马蜂窝取出蜂蛹现炸；在山上现采青头菌、鸡枞菌、干巴菌现炒。更让人感动的是，赵哥竟然为我们现杀了一头猪。只见赵哥当场割下一块肥瘦肉和一牙猪肝分别剁成末，先将肉末炒出油，然后加姜末、盐炒香炒脆，随即关火趁高油温下猪肝末迅速炒转起锅。实际上猪肝末是被烫熟的，细嫩而腴香。赵哥说，这道菜在当地民间叫做肝生。整个一席菜，从食材、烹调到上桌均一气呵成，毫无停顿，直至酒足饭饱。

戒耳餐

我看见真正的美味 / 是悬崖上燕窝之外的飞翔 / 海参体内的涛声 / 刀鱼银光闪闪的锋利 / 我渴望 / 那条流淌过民国的河流 / 清澈见底的鱼 / 那遍青青的原野上 / 走动着的啄虫子的鸡 / 灶台上悬吊着的古法

何为耳餐？耳餐者，务名之谓也。贪贵物之名，夸敬客之意，是以耳餐，非口餐也。不知豆腐得味远胜燕窝，海菜不佳不如蔬笋。余尝谓鸡、猪、鱼、鸭，豪杰之士也，各有本味，自成一家。海参、燕窝，庸陋之人也，全无性情，寄人篱下。尝见某太守宴客，大碗如缸，白煮燕窝四两，丝毫无味，人争夸之。余笑曰："我辈来吃燕窝，非来贩燕窝也。"可贩不可吃，虽多奚为？若徒夸体面，不如碗中竟放明珠百粒，则价值万金矣。其如吃不得何？

太守宴客，徒夸体面，大碗如缸，白煮燕窝四两，可惜可笑。

我敢肯定，如今一些所谓美食家或烹饪大师，从来就没有真正弄清楚过《随园食单》。大师们成天哼哼燕鲍翅、野生河鲜、黑松露、鱼子酱、法国鹅肝，似乎魔芋烧鸭、小炒鸡、麻辣小龙虾、酸菜水煮鱼或河南的烩三袋等市井菜就不配称为美食了。他们极其幼稚地把食物分成三六九等，幻觉般地认为海河里的东西比山地里的高贵，开口刀鱼闭口河鳗，以为去江南沿海或者法国意大利走马观花地吃几顿，就得了整个天下之美味。大师们哪，还差得远呢！就中国的一个地方菜系，已经够吃一辈子捣鼓一辈子了。

　　所以亲爱的大师们，在博大精深的传统饮食文化面前，要低调，再低调一些。鸡、猪、鱼、鸭这些豪杰之士，各有本味，自成一家；千万不要崇拜海参、燕窝、鲍鱼这些庸陋之人，他们全无性情，寄人篱下。大师们，你们敢拒鸡于千里之外吗？你们掌勺或握笔之手敢放在鸡汤一边而不顾吗？味道是根本。也许大家都有同感，去大饭店聚餐之后，往往回到家里会煮碗面或炒个蛋炒饭什么的填饱肚子。为什么？那些菜中看不中吃啊。

　　美食这个东西怎么会在追逐利润的餐厅里存在呢？！餐厅要讲成本，讲出菜的时间，讲翻台率以及厨师的用心等，在此前提下，怎么会有更多的美食呢？比如一根不打眼的热乎乎的腊香肠切片上桌，厚片肯定比薄片更具口感，可厚片的成本高啊，但在家里就可以切想要的厚片，甚至可以一节节地上，吃得大家满嘴流油直呼过瘾。再比如，芋头焖鸡。在餐厅里一般是先把鸡制熟，等出菜时，把芋头（也基本先煮熟）和鸡混合在一起烧制上桌即可。在家里则是从生炒鸡块开始，加锅盖焖烧（现在餐厅备有锅盖的不多），揭开锅盖，让盖上那汽水（其实是蒸馏鸡汤）流进鸡里，然后加芋头焖烧。这就需要大量的时间来烹制，餐馆有时间这样做吗？所以我说真正的美食在当地，当地的美食在民间，民间的美食在家庭。

而要称得上真正的美食家，不是吃过几顿洋餐或几个烹饪大师的菜就算得了数的。一个真正的食家，除了要有童年时期打下的厚实的味觉基础，还要有海纳各种地方菜系之胸怀；要由衷地喜欢逛菜市，并由此获得创意新菜的灵感；在自己的厨房里，除了必要的调味料，一定会备有菜油、猪油、橄榄油、香油、鸡油、鸭油、犬油、卤油、腊油、羊油、蚝油、牛油等。因为不同的食材选用相应的油料，会得到意想不到的美味：菜油炸花生米，鸭油炒豌豆苗，腊油炒笋，蚝油烧鳝鱼，犬油烧甲鱼，羊油炒萝卜丝，牛油火锅以及卤油面条等。我的大师们，知道这样烹和调吗？若不知这样，你就算不上一个美食家。

我们的美食大师们常在微信上炫耀自己吃到的所谓山珍海味，动不动就把三星大厨或者淮扬大师搬出来唬人，似乎川菜湘菜里就没有大师了，吉野家的板烧双拼饭就不是美食了。这正是袁枚老师所不屑的"若徒夸体面，不如碗中竟放明珠百粒，则价值万金矣。其如吃不得何？"还是诗人杨黎老师（吃货）来得率真，常常自己在家弄几个菜，满意时就发上微信，不管这一口是硬菜还是软饭，绝对不装。

戒暴殄

口感破败 / 味蕾纷纷凋零 / 飘落在鲥鱼的背上 / 那是一些鲜 / 勾引胃
口偷窥 / 撩起的甲鱼裙边 / 一个腌蛋 / 蛋白之中沙沙声升起的蛋黄 /
照亮吃的方向 / 我猛然回头 / 看见绞绳上的厨房 / 又是谁在逼供口
福 / 热锅里泥鳅拱着豆腐

　　暴者不恤人功，殄者不惜物力。鸡、鱼、鹅、鸭，自首至尾俱有
味存，不必少取多弃也。尝见烹甲鱼者，专取其裙而不知味在肉中；蒸
鲥鱼者，专取其肚而不知鲜在背上。至贱莫如腌蛋，其佳处虽在黄不在
白，然全去其白而专取其黄，则食者亦觉索然矣。且予为此言，并非俗
人惜福之谓。假使暴殄而有益于饮食，犹之可也；暴殄而反累于饮食，
又何苦为之？至于烈炭以炙活鹅之掌，刲刀以取生鸡之肝，皆君子所不
为也。何也？物为人用，使之死可也，使之求死不得不可也。

在鸡、鸭、鱼、鹅等这些可以拿来吃的动物当中，恐怕鹅是被侮辱和被迫害得最深重的了。因为它的笨笨、肥硕和厚道，至少被人类虐待狂般地施以过三种以上的酷刑：一是把它关进放有一盆炭火和一盆调味料的笼子，一边被烘烤一边不停地吃调味料解渴，最后毛光裸香自带调料，成为人们的盘中之餐；二是活着取出它们的肠子，拿来烫（涮）火锅，名为"生抠鹅肠"；三便是袁老先生所说的"烈炭以炙火鹅之掌"，即把鹅放在烧红的放有调料的铁板上舞蹈，而使其掌成为"美味佳肴"。

在人类吃的历史上，暴殄天物的例子比比皆是。有一年，诗人、画家王琪博去缅甸采风，曾亲眼看见当地人吃活熊掌的残忍情景：砍下一只掌，然后撒些云南白药在伤口上包扎好，继续养起来。等到吃下一只掌的时候又如法炮制，直到四只掌全部被砍掉而死。若袁枚同志在天之灵知道此事，他老人家定会从清朝那边发感叹过来："何也？物为人用，使之死可也，使之求死不得不可也。"

当然我们不得不承认，一些鲜活吃法确实是无比美味的。比如将现宰的鸡、鸭、鱼立马下锅，或者用活的龙虾、甲鱼、泥鳅等进行烹制。清人刘廷玑的《在园杂志》卷四里有这样一则残忍但有趣的故事：清朝初年，江淮一带的和尚擅长于烹甲鱼，他们把甲鱼放在锅盖顶凿了几个小洞的锅中，锅中加水至八九分满，然后在锅底慢慢加热；盖子则用砖石压住。水煮热以后，锅里的甲鱼受不了热冒出水面，沿着锅盖找到小洞，终于找到光明把脑袋伸出锅盖外，张口大吐热气。这时一旁等候的和尚立刻把预先调好的姜汁椒末、酒醋酱油等调味料，用汤匙灌进甲鱼嘴里。甲鱼受不了酸甜苦辣，又沉入热水中。不一会儿，甲鱼受不了热再度从锅盖孔中探头张口喘气，和尚又把调味料灌进去。火候要被控制得恰到好处，使锅中之水热得可以让甲鱼探出头来以便灌作料，而又不把甲鱼烫死，于是五味尽入甲鱼的腑脏之中。等作料灌得差不多了，把火弄小，降低水温，让甲鱼将肚子里的作料消化一下，再加温把水煮开，把甲鱼煮熟，而获得里外遍身皆香的效果。就烹饪本身而言，此法算是非常讲究的吃法。

我们在获取食材的同时，不仅要敬畏食材，还应该爱惜食材。其实在美味面前，食材都是平等的。有一次，在北京天下盐餐厅，吃午饭时我偶然看见洗碗大姐们正在一不锈钢盆里，用酱油、醋、油辣椒等拌着一种绿绿的青菜，我探头过去仔细看，才发现是厨房里扔掉的芹菜叶和芹菜根。当我尝了一筷子，感受到从未有过的一种酸辣清香之后，不得不赞叹我们的大姐太有才了。

当今物质丰富，我们往往会扔掉许许多多像芹菜叶、芹菜根一样看起来应该扔掉的东西，比如茄子皮、冬瓜皮、莲白茎、西蓝花茎、豆腐渣、西瓜皮等。然而这些被遗弃的"丢头"，只要通过某种搭配和烹饪，会成为意想不到的美食。比如，咸肉炒西瓜皮（上面一层青皮要削掉）、雪里蕻炒豆渣、折耳根拌西蓝花茎、鱼香茄皮，等等。

　　在珍惜食材物尽其用方面，民国大吃货张大千恐怕要算数一数二的了。大千先生可以把一只鸡变着花样烹制，从鸡冠子一直吃到鸡屁股。特别是他自己做的一道下酒菜"菌烧鸡屁股"，常常把自己和朋友的酒量推向新高。抗战时期，有一次大千先生从上海回成都，鸡屁股瘾突然犯了，他便叫家厨去成都大街小巷到处收集，结果找来二十个，他自己亲自上灶做了满满一大盘，过足了鸡屁股瘾。

海鲜单

海参三法

是谁让你孤独 / 越来越深 / 一直沉到了无味 / 在海的背面 / 你梦见了
盐 / 味觉翻起的波浪 / 使云也变得柔糯 / 温补晚霞 / 我的海男子啊 /
最孤独的就是最营养的

　　海参，无味之物，沙多气腥，最难讨好。然天性浓重，断不可以清
汤煨也。须检小刺参，先泡去沙泥，用肉汤滚泡三次，然后以鸡、肉两
汁红煨极烂，辅佐则用香蕈、木耳，以其色黑相似也。大抵明日请客，
则先一日要煨，海参才烂。常见钱观察家，夏日用芥末、鸡汁拌冷海参
丝，甚佳。或切小碎丁，用笋丁、香蕈丁入鸡汤煨作羹。蒋侍郎家用豆
腐皮、鸡腿、蘑菇煨海参，亦佳。

对于一个一辈子都喜欢吃肥肉的人来讲，海参这个东西有柔弹而无腴润，有软滑而无油香，正如袁枚老先生所说，是个"无味之物"，并且要在温水中经过二十四小时后才能涨发，所以"最难讨好"。但这丝毫不影响一代又一代人提着一双双筷子，或者手握一把把明晃晃的刀叉，前赴后继地向海参奔去。因为如果烹饪得法，海参不仅具有大滋补大营养的功效，而且爽弹滑润的独特滋感，会让你吃了一条还想再来一条。

其实海参是孤独的，孤独到了无味的地步。它需要鲜嫩肥鸡的安慰、修长火腿的爱抚以及鲜笋香菇的山野之恋。我认为袁老师提供的三种解决海参孤独的方法，特别是"夏日用芥末、鸡汁拌冷海参丝"（在夏季，如冷舌之吻），依然值得当今厨人好好学习。

海参这个东西有称土肉的，有称海瓜皮或者海鼠的，也有称海男子的。关于海男子的由来，明代《五杂俎》有记载："海参，辽东海滨有之，一名海男子……其性温补，足敌人参，故名海参。"我觉得海男子更适合充当推销海参的广告名，因为中医理论认为，海参味咸性温，入心、肺、脾、肺四经，有补肾益精、养血润燥之功，对精血亏损、虚弱劳累、阳痿、梦遗、小便频繁、肠燥便艰都具有良好的治疗效果。

我有一位五十出头的诗人朋友，常给我介绍一些滋阴壮阳的方法，无非是公东西泡酒母东西煨汤之类的。有一次碰见我，他说近段时间常叫老婆弄些海参来吃，还真收到了效果。我说那东西烹制起来特别麻烦，他顿时眼睛一亮：不麻烦！晚上扔一只进温水瓶，第二天早上起来就涨发好了，然后打整干净切成细末蒸鸡蛋羹，方便极啦！

在我吃海参的经历中，最精彩的莫过于今年1月去潮汕，美食家张新民兄为我们一行亲自上灶做的一道"鲍汁焗脆皮婆参"。还记得那是在汕头市潮菜研究会的二楼上，我和"舌尖"总导演陈晓卿、美食家小宽等在厨房，目不转睛地盯着张大师做这一道"鲍汁焗脆皮婆参"。

只见张大师把一条浸发洗净的猪婆参投入放有鲍汁的清水中，慢火炖至海参软熟捞起，稍凉后改切成约七公分的块状，入蒸笼蒸约十分钟，取出置于爪篱上；再将精油烧至高温，用勺淋泼海参，使表面起泡，装上深盘。接着张大师用不粘炒锅放入鲍汁煮开，再用老抽调色，然后用盐调出理想的咸度，煮至黏稠时浇于海参上，与黄芥末酱、陈醋碟一同上桌。猪婆参那明处的弹脆和暗处的柔肥，还真让我们大开了口界。

世界各大海洋都产海参，据统计有九百多个品种，但可供食用的仅有四十多种，其中刺参、梅花参、方刺参、白石参、黄玉参、乌乳参、白瓜参等为常用。这些海参做出的名菜有上海的"虾子大乌参"、福建的"扒烧四宝开乌参"、山东的"葱烧海参"、四川的"家常海参"、陕西的"鸡米海参"、辽宁的"灯笼海参"、广东的"红焖海参"等。

　　我曾在北京天下盐餐厅创制过一道"二毛煨海参"的私房菜。我的做法是：一边把涨发的腊猪蹄筋切成节（比照涨发好的海参的长短），酿入海参腹中；另一边，把一只土公鸡（切成块）和一只带膀的腊猪蹄子（切成块）焯水，之后沥起入锅，加入清水、海参、姜、花椒、冰糖、几滴醋等一同煨至软烂。我是按柔糯的程度逐步升级品尝的，先一块肥鸡入口，接着一块香蹄入口，最后一根海参入口，特别是柔糯海参和里面那根软弹腊蹄筋在口腔里交错翻滚着进入灵魂，那一刻我只感觉到了飘的味道。

鳆鱼

鲍鱼 / 四个头 / 与暗礁密谋 / 贿赂的银锭 / 出卖波浪 / 晒干 / 或者终止味道 / 而让灯塔照亮的 / 是一种柔软的弹香 / 还有一只手 / 顺着涛声 / 摸到了大海的私处

鳆鱼炒薄片甚佳。杨中丞家，削片入鸡汤豆腐中，号称"鳆鱼豆腐"，上加陈糟油浇之。庄太守用大块鳆鱼煨整鸭，亦别有风趣。但其性坚，终不能齿决。火煨三日，才拆得碎。

我尝试过袁老先生做鲍鱼的方法：先将老豆腐切片，在猪油锅里煎成两面黄，然后加入清鸡汤、姜片煮至豆腐出味时，加入鲜鲍鱼片、盐花煮熟，就可以倒杯酒或盛一碗白米饭了。煎豆腐的酥软绵香与鲍鱼片的柔韧脆嫩在口腔中交错而至，其鲜香直抵灵魂的最深处。

鲍鱼的别名很多，古称鳆、石决明、石耳、明目鱼，又叫九孔螺。鲍鱼不是鱼，也不是螺，是贝类。在港澳台地区，只有大鲍鱼才叫鲍鱼，20头以下的小鲍鱼叫"鲍贝"，很可爱的名字。一种不是鱼的贝类，为什么会被称作"鱼"，而且被视为"鱼"中极品？我想这是中国的鱼文化太发达的缘故。鱼在中国文化中常被视为女性的象征，鲍鱼把这种象征发挥到了极致，因此它被归入"鱼"类，且人们认为食用鲍鱼有滋阴壮阳的养生作用。

在中国饮食史上，鲍鱼自古就是美味。据《汉书·王莽传》记载："莽忧懑不能食，亶饮酒，吃鳆鱼。"据说王莽吃完鳆鱼（鲍鱼）后精神大振，连觉都不想睡了。《后汉书》有"南蛎北鳆"的说法，认为二者相仿，并称美味。到了三国时代，鲍鱼更是贵族显要的美味。曹操也是鲍鱼美食的拥趸，他死后，其子曹植写《求祭先王表》："先王喜鳆，臣前以表，得徐州臧霸上鳆百枚，足自供事，请水瓜五枚。"用鲍鱼来上供，足见其生前喜爱程度。有意思的是，后来的魏文帝曹丕也是鲍鱼爱好者，据《太平御览》记载，他曾派遣手下赵咨送给吴王孙权"鳆鱼千枚"，直接用鲍鱼行贿。

由于有王莽、曹操、曹丕、孙权这些超级食客追捧，鲍鱼的身价不断攀升。到南北朝时，南北分治，产于北部沿海的鲍鱼很难运到南朝，价格已经到了"一枚数千钱"（见《南史·诸彦回传》）的水平。如此美味自然逃不过大文豪、大美食家苏东坡的嘴。大快朵颐之余，苏文豪写下一首《鳆鱼行》："膳夫善治荐华堂，坐令雕俎生辉光，肉芒石耳不足数，腊笔鱼皮真倚墙。"在苏东坡眼里，有了鲍鱼这样的美味，连厨房的砧板都"生辉光"了。

鲍鱼又称明目鱼、石决明不是虚名，苏东坡就把它当作保养目力的食疗上品："吾生东归收一斜，苞苴米肯钻华屋。分送羹材作眼明，却取细书防老读。"苏东坡算不上富人，他能吃到鲍鱼，说明那个时候鲍鱼已经开始进入城市生活中了，有了一定的普及性。到了元代，鲍鱼在城市上流阶层中更为流行，元代生活百科全书《居家必用事类全集》就记载了鲍鱼的详细做法。

如今的鲍鱼菜肴菜式做法已经多达数十种，但如果往上追，都能从明代万历皇帝朱翊钧那里找到理论根源。《明宫史》记有一道御膳"三事"，说朱翊钧"最喜用炙蛤蜊、炒鲜虾、田鸡腿及笋鸡脯，又海参、鳆香、鲨鱼筋、肥鸡、猪蹄筋共烩一处，名曰三事，恒喜用焉"。这是万历皇帝最喜欢吃的东西，可以看作名菜"佛跳墙"的前身，也启发了后世对"鳆鱼"的做法：复杂的汤汁、文火炖、配鸡汤等，都是鲍鱼最基础的做法。这道含有鲍鱼的"三事"成为宫廷名菜，直到后来的满汉全席，鲍鱼都位居头几把交椅。

鲍鱼的做法多样：可以切成丝，调拌生吃，这种吃法在晋代已经出现；也可以烹炒，如北宋的"决明兜子"，现在河南开封仍有这种做法；清代李化楠在《醒园录》中详细记载了"煮鲍鱼法"："先用药剪切薄片，水泡洗，煮熟捞起。新鲜肉，精的打横切薄片子，下锅先炒出水，煮至水干。看肉若未熟，当再下点水煮干熟，才将鲍鱼下去，加蒜瓣，切薄片子，半茶瓯肉汤和粉同炒，至粉蒜熟取起。"还有酱鲍鱼，如清代顾仲《养小录》记载"酱鳆"："治净，煮过，切片，用好豆腐切骰子块，炒熟。乘热撒入鳆鱼拌匀，好酒一烹，脆美。"这与我前面提到的那款鲍鱼菜略同，只不过顾仲老师用的是干鲍罢了。

江鮮单

鲥鱼

从海的波和江的浪之间 / 鲥鱼穿过1998年的某一天 / 避开酱油、鸡汤和滋味 / 洄游绕过蜜酒清蒸之法 / 与波浪一起融化于平静 / 而忧郁 / 是鲥鱼最细嫩的部分 / 鲜美已流向远方 / 味道升至天堂 / 我看见 / 白云上鳞光闪闪

鲥鱼用蜜酒蒸食，如治刀鱼之法便佳。或竟用油煎，加清酱、酒酿亦佳。万不可切成碎块加鸡汤煮，或去其背，专取肚皮，则真味全失矣。

为了梦想中的鲥鱼，去年我专程去了一趟南京。作为一个采味者，这辈子最大的遗憾恐怕就是再也见不到鲥鱼了。

　　鲥鱼去哪里了呢？长江源头？或者洄游到了过去？《尔雅》称其为鮥、鮛，它们每年春末初夏都要从海内洄游上溯长江中产卵，所以又被《菽园杂记》《梦粱录》等称为时鱼。出水就会死去的鲥鱼忧伤地游进了清蒸，柔软而细嫩地呈献给了皇帝，并用鲜润的滋味和闪亮的鳞片讨好诗人，以存活于一行行诗章之中。

　　郑板桥有名句："江南鲜笋趁鲥鱼，烂煮春风三月初。"苏东坡则有诗云："芽姜紫醋炙鲥鱼，雪碗擎来二尺余。尚有桃花春气在，此中风味胜莼鲈。"清蒸之外，烤鲥鱼也是一种吃法。1984年出版的人民大会堂《国宴菜谱集锦》上有一款烤鲥鱼，虽然是用烤箱烤出来的，但依然使用东坡食法，即佐以用姜末和米醋调成的汁。

　　明朝迁都北京之后，江南贡鲥鱼，用冰雪护船，驿马飞递。诗人何景明有诗云："五月鲥鱼已至燕，荔枝卢橘未应先。赐鲜遍及中官地，荐熟淮开寝庙筵。白日风尘驰驿路，炎天冰雪护江船。银鳞细骨堪怜汝，玉箸金盘敢望传。"曹雪芹的祖父曹寅也是鲥鱼的爱好者，他专门写了一首《鲥鱼》："手揽千丝一笑空，夜潮曾识上鱼风。涔涔江雨熟梅子，黯黯春山啼郭公。三月荐盐无次第，五湖虾菜例雷同。寻常家食随时节，多半含桃注颊红。"

　　以后诗人袁枚在曹寅遗留下的一处私家花园里建起了随园，

并在夕阳的余晖中，用蜜酒蒸食鲥鱼。只有整条蒸食（不去鳞）才能保持鲥鱼肉质的细嫩和原汁原味。据我考证，元明时期蒸鲥鱼的方法是：去肠脏，不去鳞；用布拭去血水，不下清水洗（保持鲜嫩的绝招之一）；将鱼放荡锣内，花椒、砂仁捣碎成粉，加酱、酒、葱、水拌匀，和鱼一起蒸熟，食时去鳞上桌。清人童岳荐的《调鼎集》中有一款蒸鲥鱼："用鲜汤，配火腿、肥肉、鲜笋各丝，姜汁、盐、酒蒸。"今人用此法蒸江鲜鱼最多。由于鲥鱼多刺，童老师又出一绝招："以枇杷叶裹蒸，其刺多附叶上。"

鲥鱼的味美在皮鳞之交，所以是不去鳞的。谚云："鲥鱼吃鳞，甲鱼吃裙。"吃时可将鱼鳞放在嘴中吸吮，吸其脂肪，品其鲜味，然后吐出。鲥鱼鳞还有药效，古称拔疔第一妙药，焙干研末外敷，可治疗疮、痈疽等症。《本草纲目》记："其鳞与他鱼不同，石灰水浸过，晒干，层层起之，以做女人花钿甚良。"

此次南京之行，我虽然连鲥鱼的影子都没见到，但见到了同样热爱鲥鱼的诗人韩东、海波、杨键、刘立感、庞培、顾耀东等。说起远方的鲥鱼，顾耀东滔滔不绝：上世纪六七十年代，他在南通的父辈每捕获到一条鲥鱼，都会把它斩成三截，鱼头送给镇长，中段送给大队支书，尾部留给自家人吃。他还说，在旧社会，父辈的父辈们每天打到的第一条鱼，不能出卖，也不能自己吃，必须先送到当地县衙，奉献给县太爷。海波满怀悲情，他对鲥鱼的离去表示悲哀；我说，也许鲥鱼们已不适应当今的生态环

在随园的夕阳余晖中，袁枚用蜜酒蒸食鲥鱼。

境，洄游到杨键的水墨画中了（那天杨键的水墨画展正在海波的艺事后素现代美术馆开幕）。

画展那天，家住江阴的诗人庞培送了我一本他刚出版的诗集《数行诗》。我打开书，惊讶地读到自序中的一段话："我的故乡有一种名贵的鱼，即著名'长江三鲜'之一的鲥鱼，身上美丽的鳞片超过鱼肉和鱼身。或者说，这种鱼的肉身只为它的鳞片活着。一旦被人捕获，离开水面出水即死。在我生活的年代，我目睹了这种稀奇品类的绝迹消亡。公元1998年，江阴长江大桥建成通车，每年春天定期从浩瀚太平洋洄游到长江扬子江段的鲥鱼，从这一年开始，不再在它们熟悉的水域淹留。所谓'长江鲥鱼'，人们不再能够在地球的任何区域见识到它们。"

震撼之余，在泪光闪烁之处，我开始怀疑，鲥鱼还在杨键的水墨画中吗？

黄鱼

当海水涨过四月 / 漫成汛期 / 黄鱼便以肥嫩的娇艳 / 洄游至最好的吃口 / 产卵或等着冰鲜 / 于是小黄鱼向北 / 以香脆的姿态 / 朝向干炸 / 大黄鱼向南 / 绕过盐 / 潜入鸡汤 / 在金黄处成羹 / 自由散漫的味道 / 一个厨子正用芡粉收起

　　黄鱼切小块，酱酒郁一个时辰，沥干。入锅爆炒两面黄，加金华豆豉一茶杯，甜酒一碗，秋油一小杯，同滚。候卤干色红，加糖、加瓜姜收起，有沉浸浓郁之妙。又一法：将黄鱼拆碎，入鸡汤作羹，微用甜酱水、纤粉收起之，亦佳。大抵黄鱼亦系浓厚之物，不可以清治之也。

我从小就喜欢鱼，但不是很喜欢吃鱼。喜欢鱼是想看到它们游动在河塘水面上的样子，在清澈见底的水中自由而鲜活的样子。很早就听说黄鱼出水便死，后来在超市看见黄鱼庄严肃穆地躺在冰块上，似乎这种说法才得到了印证。于是常常想去看看黄鱼鲜活游动之姿，然而黄鱼是深水鱼，恐怕我这辈子已看不到它们鲜活游动的姿态了，只有通过想象：它们在海底的孤独，它们在游进某一首诗时闪过的金黄。

生长在大西南的我，很久之后才知道有大黄鱼和小黄鱼之分：大黄鱼又称大鲜、大黄花、大王鱼等，主要分布在黄海南部至广东沿海；小黄鱼又叫小鲜、花鱼、小黄瓜等，主要分布在东海南部至渤海。"治大国如烹小鲜"的小鲜，就是指小黄鱼。因黄鱼洄游时从不到其他国家鱼场，所以又有家鱼之称。很明显，袁老先生烹制的是大黄鱼，且两种做法都值得当今厨人借鉴。不过老先生没说该怎样剖杀一尾黄鱼。据说海产鱼类中以黄鱼肉最嫩，不需开膛，用筷子由口插入腹中，绞出鳃及内脏，刮鳞洗净便可烹制了。

有一年清明时节，与诗人李亚伟、周墙、海波、李森去宁波。《宁波晚报》的陈晓敏请我们几个60后吃货在一家专门做黄鱼席的馆子大吃了一顿。当干煎黄鱼、雪里蕻大汤黄鱼、家常黄鱼等一一上桌，我们几双饿痨鬼眼睛一闪一亮的同时，几双筷子头如雨点般落在了各式黄鱼的身上。这是我平生吃到过的最鲜最嫩的海鱼。

回到北京后的第二天，我立马去超市弄了一条冰鲜大黄鱼，治净切块之后，用醪糟汁、葱、姜腌起（一个小时），把一斤新鲜猪板油切成拇指大的丁，在锅里快炼成油渣时，将黄鱼块下锅煎至金黄（滗些油起来，油渣留在锅里），烹黄酒、加姜米，把挤干水分的雪里蕻末下锅与黄鱼块轻轻翻炒几下，加白开水、笋片，盖锅盖用中火焖烧至汤浓白，加盐、糖、鸡精少许，出锅即成。这道改进版的雪里蕻油渣大汤黄鱼，其味道有过之而不及啊！第二天早上我还把剩下的鱼汤拿来做了一碗雪里蕻油渣大汤黄鱼面，美妙至极。那次做过黄鱼之后，我才真正懂得"大抵黄鱼亦系浓厚之物，不可以清治之也"，即黄鱼是味道浓重的食物，不可以用清淡方法来烧煮。

这一教导在闽菜中体现更甚。福建称黄鱼为黄瓜鱼或黄瓜，据说得名是因黄鱼与黄瓜都在5月上市。闽菜名菜"松只瓜"是将黄鱼与香菇、冬笋、猪骨汤等煮制而成；"三星八宝瓜"是将黄鱼与鸭蛋、猪脑、鲜虾、猪肚、鸭肉、鸭肝、蘑菇等烹制而成。显然，这些黄鱼菜式都是用醇浓的方法来烹制的。

黄鱼在古时候还被称作石首鱼，由来是它们的脑袋里有两粒洁白的石状粒子。据说，这"石头"可以检验食品中是否有毒，只要将它放入食物中，有毒的话它会立即爆裂。还有一民间偏方，将此"石头"烧成灰，再吹到鼻中，就可以立即止血，不过不知是否灵验。其实，这"石头"就是黄鱼的耳朵，黄鱼凭它听到和识别从海洋远处传来的声音，并由此辨别游行的方向。

上海美食家薛理勇在其著作《食俗趣话》中，有此说法："佛教的居士把畜禽等可被人训练的动物肉类讲作'大荤'，又把鱼虾之类等不能被训练的动物肉类叫做'小荤'，居士一般戒大荤而不戒小荤，黄鱼本来就属于小荤，同时，与其他鱼相比，'诸鱼有血，石首独无，僧人谓之菩萨鱼，有斋食而啖之者'（《两航杂灵》），戒荤的和尚可以吃黄鱼而不受戒律制约，也是一大奇事。"

刀鱼二法

刀鱼雪亮 / 银光所到之处 / 波浪流血 / 是谁在刀锋上舔鲜 / 逆三月而上 / 洄游进鸡汤 / 把卵丢失在味之道上 / 于是明前得扬州名菜 / 双皮刀鱼 / 明后得江阴名点 / 素浇刀鱼面

　　刀鱼用蜜酒酿、清酱，放盘中，如鲥鱼法蒸之最佳，不必加水。如嫌刺多，则将极快刀刮取鱼片，用钳抽去其刺。用火腿汤、鸡汤、笋汤煨之，鲜妙绝伦。金陵人畏其多刺，竟油炙极枯，然后煎之。谚曰："驼背夹直，其人不活。"此之谓也。或用快刀将鱼背斜切之，使碎骨尽断，再下锅煎黄，加作料。临食时，竟不知有骨：芜湖陶大太法也。

在这个专栏解读《随园食单》已有几十篇，写了许多篇猪、牛、羊等肉类，也写了鲥鱼、黄鱼、鲫鱼、季鱼等江鲜，就是没敢动笔写刀鱼。刀鱼不像鲥鱼，与人类失联，品尝不到野生的了，可以瞎描述；野生刀鱼还在神出鬼没，就不能乱写一通了。或许是在等待着某一天，怀着别再失联的心情，来一场与刀鱼的不期而遇？！这一天竟然在我的想象中走来了。今年春天在北京南新仓天下盐餐厅，一见钟情般结识了南通的张先生。张先生邀我去他们那边品尝真正的野生刀鱼，说这个时候不马上去吃刀鱼就开始变老了。

其实我在北京是吃过几次刀鱼的。给我的总体印象是鱼肉和乱刺粘连，不仅品尝不到传说中的美味，还要小心翼翼地生怕被鱼刺卡住喉咙。当时我便下了结论，刀鱼不能大快朵颐，所以算不上什么大美食。但当我在南通的春天里，吃到我有生以来第一条野生鲜刀的那一刻，感觉是从天外来的一股极鲜夹带着细嫩，通过口腔电流般酥麻了我的全身，似乎从此才真正开始了我的鲜嫩人生。

刀鱼也称鲚鱼、刀鲚、鲦鱼、望鱼等，体侧扁形如刀。长十二至二十五厘米，银白色，海生，每年春天洄游至江河产卵，生产于长江中下游，为"长江四鲜"之一。宋人因其"貌则清臞，材极俊美"，将其美称为"白圭夫子"。杜甫所谓"出网银刀乱"说的即是刀鱼。历史上，无论是诗人或是民间对刀鱼都有非常高的评价。诗人梅尧臣两次赋诗咏及刀鱼，其一为："已见杨花扑扑飞，刀鱼江上正鲜肥。早知甘美胜羊酪，错把莼羹定是非。"清代民间谚语则云："宁去累世室，不弃鲦鱼额。"意思是刀鱼浑身都是美味，连鱼头也好吃无比，宁肯丢掉祖宗的房子，也不愿放弃只有瘦骨的刀鱼头。

提起刀鱼头，张先生给我讲了一个上世纪六七十年代的故事，说刀鱼身上最尊贵的其实是它的鼻子，一般只拿来招待最尊贵的客人。据说当时柬埔寨的宾努亲王来到上海，中方专门给他请了一位烹刀鱼的高手，做了一道"清炒刀鱼鼻"。一听这菜名就非同一般，张先生说当时的刀鱼就几毛钱一斤，吃的人还不多。这让我一路都在想这道"清炒刀鱼鼻"是怎么个炒法，味道到底怎样还有些不可想象。袁老先生记了民间做刀鱼的两种方法，都像武林高手一样用"极快刀"搞定鱼刺。看来吃刀鱼多刺，是人们最大的心理和生理阻碍。不过民间有这样的说法，刺多者，肉更嫩鲜。

在南通的最后几个小时里，热忱好客的张先生把我带到了据说是能吃到最正宗野生刀鱼的一个地方，这个叫做梅林春晓的野生刀鱼馆，开在长江边上的一座山坡上。登高望远，不仅千帆万船尽收眼底，仿佛就连刀鱼那银光闪闪的鳞片都历历在目。正当我沉浸在江天一色的美景中时，梅林春晓的老板顾俊刀鱼般"嗖"一声向我飞游过来。这位在江湖上被称为耍刀鱼的高手，刚坐下来便开始滔滔不绝地给我讲起了他的江湖。

顾俊兄就像一条岸上的人刀，讲述着一群游弋在长江中的刀鱼："刀鱼洄游到长江产卵的时候，鼻子和眼睛因充血而红红的（此时我下意识地看了看他的眼睛），一百条里面最起码有九十条是红的。进了长江之后，过了崇明岛，鼻子还是有一点红，但眼睛不充血了，身体发黄、变厚……南通的刀鱼和崇明岛的刀鱼是有区别的，南通刀鱼身上有黏膜，刚出水时很滑，而崇明岛上的刀鱼身上是糙的，但外形上几乎没有什么区别……越往上游的刀鱼越好吃，如果能游到扬州就更好吃，但是刀鱼游不上去了，因为它们在上路不久就被网住了……"我仿佛在听说书的在讲武侠小说。

特牲单

猪头二法

在晚霞映照着的猪头旁／穿着长衫的诗人身影／袁枚正欣然下筷／尝试着清朝的咸淡／深入核桃肉内部／品味猪的思想／文火细煨的愚笨／用葱、初恋、八角、甜酒及柔情同煮的软糯／爱恋像猪头产生的幻觉／酥烂的青春深红油润

　　洗净五斤重者，用甜酒三斤；七八斤者，用甜酒五斤。先将猪头下锅同酒煮，下葱三十根、八角三钱，煮二百余滚，下秋油一大杯、糖一两，候熟后，尝咸淡，再将秋油加减。添开水要漫过猪头一寸，上压重物；大火烧一炷香，退出大火，用文火细煨，收干以腻为度。烂后即开锅盖，迟则走油。一法：打木桶一个，中用铜帘隔开，将猪头洗净，加作料闷入桶中，用文火隔汤蒸之，猪头熟烂，而其腻垢悉从桶外流出，亦妙。

在我们传统的骂人文化中，说"你这个猪头"，笨头笨脑不明事理者均属此类。而在美食体系中，猪头也通常被认为是下贱之菜，常与下水、猪脚等堆在一起卖，以低廉美食的身份，充当了穷人的牙祭和上世纪80年代诗人的下酒菜，登不了堂入不了室上不了席。猪头还因为很难打理，且有种特别的臊味而很难成为高档菜的食材，在历代宫廷名菜中难觅其踪迹；历代文人也极少吟咏猪头做的美食，因此即便在地方菜系中也很难成名菜。

但淮扬菜中有个例外。扬州名菜"扒烧整猪头"与狮子头、拆烩鲢鱼头并称"扬州三头"，其做法与"猪头二法"的头一法类似。扒的要诀是用文火煨焖猪头至汤稠、肉烂，也即"用文火细煨，收干以腻为度"。"扒烧整猪头"在扬州已有数百年的历史，据记载，在清代扬州的法海寺，其"扒烧整猪头"就非常出名。清代《扬州风土词萃》中白沙惺庵居士的《望江南》词写道："扬州好，法海寺闲游。湖上虚堂开对岸，水边团塔映中流，留客烂猪头。"

猪头的做法在嘉庆、同治年间发展到极致。盐商童岳荐所撰《调鼎集》中就记载了包括袁老先生这款猪头在内的十五种做法。特别是有一款几近失传的"醉猪头"值得借鉴：猪头两个治净、拆肉、去骨、切大块，每肉一斤；花椒、茴香末各五分，细葱白二钱、盐四钱、酱少许拌肉入锅，文武火煮。候熟以粗白布做袋，将肉装入扎好。上下以净板夹着，用石压二三日，拆开布袋再切寸厚大牙牌块，与酒浆间铺，旬日即美绝伦。用陈糟更好。

　　猪头虽难上上等席面，但在民间却是持久的美食，在民间节庆、祭祀中更不可少。中国人有祭祀用"三牲"的习俗，猪为"三牲"之一，猪头也作为祭品被广泛应用在祭祀窑神、祖先等典礼中。宋代诗人范成大的《祭灶词》描述当时过节祭祀情形："古传腊月二十四，灶君朝天欲言事……猪头烂熟双鱼鲜，豆沙甘松米饵圆……"中国人试图用黏糯米和猪头烂熟双鱼鲜来堵住"灶王爷"的嘴，让他"上天言好事，下界保平安"。在江西婺源，除夕讲究"吃年汤"，其主料就是猪头。焚香祭祖之后，将预先买好的猪头入锅加汤烧煮，煮熟后将猪头捞出，再将调和好的面粉搅入猪头汤中，加肉丁、冬笋、丁香等作料，煮成糊状，全家团坐一起享用。煮好的猪头，切成薄片上桌。

　　猪头肉是肥肉和瘦肉的"天作之合"，妙在肥瘦相间，其中的猪拱嘴部分不论你左吃右吃，都不能分清是肥肉还是瘦肉。卤煮得恰到好处的猪头肉，皮层厚韧劲足，耐嚼留香，是一端上桌就有喊酒保拿酒来的冲动。上世纪80年代，我们常戏称猪头"满脑袋的资产阶级思想"，吃起来满是趣味：猪耳脆香、猪嘴弹香，最妙的是猪口条，腴润柔嫩，从舌面滑入食道的过程，简直让人有种接吻的战栗触感。

　　2011年7月，我在北京天下盐餐厅专门设计烹制了一桌"猪头宴"款待来自台湾的诗人、美食家焦桐先生及作家李昂女士一行，这是一年前焦桐兄来北京我给他的承诺。当"大葱拌猪头"、"大刀耳片"、"椒盐酥核桃肉"、"八爪鱼烧猪头"、"豆渣猪头"、"金瓜粉蒸猪头"、"脆皮猪头"、"盐菜扣猪头"、"回锅猪头"、"卤扒猪头"、"尖椒炒猪拱嘴"、"蒸腊猪头"、"鱼香脑花"、"海带炖猪头骨萝卜汤"——上桌，不亦乐乎的焦桐兄一边拍照一边大块吃肉大碗喝酒；李昂对"蒸腊猪头"情有独钟，向肥厚油亮的笨笨肉频频下筷，说这是她这辈子吃到过最好吃的猪头。焦桐兄调侃说，若袁枚老先生在世，定会将此菜收入《随园食单·特牲单》曰：蒸腊猪头，二毛制之最佳。

猪肺二法

我仿佛听见敲之仆之的声音／从清朝那边传来／一叶猪肺／挂之倒之于胃口之上／鸡和火腿在千里之外等待／汤用味波及文火慢煨的恋爱／于是我看见汤西崖少宰宴客的餐桌上／鲜柔的肺片如白芙蓉盛开

　　洗肺最难，以冽尽肺管血水，剔去包衣为第一着。敲之仆之，挂之倒之，抽管割膜，工夫最细。用酒水滚一日一夜。肺缩小如一片白芙蓉浮于汤面，再加作料，上口如泥。汤西崖少宰宴客，每碗四片，已用四肺矣。近人无此工夫，只得将肺拆碎，入鸡汤煨烂亦佳。得野鸡汤更妙，以清配清故也。用好火腿煨亦可。

肺这个东西历来被鄙视，看起来无油无肉像一团棉花不说，想起来是一呼吸系统更感觉远离美食，所以常被视为动物身上最廉价的部件之一。然而猪肺这样的下下水能收入《随园食单》，说明如果烹制得法，是完全可以登上大雅之堂的。你那位当官的汤西崖（汤右曾）少宰（吏部侍郎），康熙年间的进士，餐桌上那碗四片软烂如泥饱含汤汁的猪肺，洁白像芙蓉让你味蕾花开。

到现在我们依然按照袁老先生的方法做猪肺菜。1974年由南京市饮食公司编印的《南京菜谱》有一款"火腿炖银肺"，也是用水灌洗猪肺拍打数次（现在用自来水冲），吐尽血沫，待色呈现乳白时，放入沸水里烫五分钟取出，切除肺管，撕去肺皮等。所谓"银肺"，就是猪肺冲尽血污而呈白色者。

《调鼎集》中有煨肺、肺羹、琉璃肺、糯米肺、蒸肺、芙蓉肺等烹法。糯米肺："上白糯米灌入管扎紧煨。苡米肺同。"由此可以举一反三灌更多的花样进猪肺里烹制。在处理猪肺的过程中，书里提出"用竹刀破开忌铁器。又，用萝卜汁灌洗不老"等方法，值得借鉴。

由四川省蔬菜水产饮食服务公司1974年编写的《四川菜谱》上有一款"菠饺银肺"，菠饺是取菠菜汁同面粉和匀，包馅成饺子。此菜很早就被收入了《中国名菜谱》。《大众川菜》（1979年版）有一款"凉拌猪肺"，将煮至软和的猪肺切成片（加盐、姜、花椒、料酒同煮），加酱油、油辣椒、冬菜、葱、白糖、味精等拌匀而成。在1982年由中国财经出版社出版的《中国菜谱·福建》上有一款"通心粉煨玻璃肺",用通心粉、面粉、奶汤及鲜牛奶与猪肺煨制而成,菜色洁白,肺烂而润,味美醇香,迄今还是流行于福建的名菜。另外,广东有名菜"杏仁白肺";苏州有民间家常菜"豌豆肺片汤"。

川、黔、湘、鄂交界处的武陵山区,民间有腌腊心肺的习惯。把腊心肺烹制成臊子(浇头)与米粉相亲而成为名点"心肺米粉",制成咸馅与汤圆相爱而成为"心肺汤圆"。去年秋天我去了武陵山区的黔江,当地朋友请我的第一顿饭,便是去郊区一家小馆吃的"腊心肺煨锅",是用腊猪蹄与腊心肺一起煨制的(如同袁老先生的火腿煨肺),一边煨一边吃,偶得诗两句:深远的腊香,一生中的柔糯。

民国立宪派代表、状元实业家张謇是江苏南通人,自创一道百吃不厌的私房菜"银肺炖海底松",用陈年海蜇头片、鲜猪肺片及火腿片文火慢炖八小时而成。张謇常在饭前先来上一碗,嘟着嘴朝碗里一吹,先喝上两口汤,然后夹一片缠绵而柔软的银肺入口,润腴中接着送上一片弹脆的海蜇,此刻只有他能感觉到,那鲜香中的柔脆仿佛是来自海底的蓝色之梦。直到今日,"银肺炖海底松"依然是南通名菜。

银肺汤不仅鲜美,还有营养。中医认为,猪肺味甘性平,补肺、止虚咳;猪肺与北杏、姜汁、盐同煲,可止咳化痰,补肺,且适用于慢性支气管炎；与银耳、鸡汤、生姜、葱、胡椒粉等同蒸，可益气和胃、补肺滋阴，适用于干咳、痰稠、心烦口渴、气短懒言等症。更匪夷所思的是，1985年由山西科学教育出版社出版的《食物疗法精萃》（王桢编著）记载了猪肺治肺结核咯血，体温不升者的一单方：童便二碗，萝菔汁二碗，雪梨汁三碗，藕汁两碗，取猪肺一具，将各汁由气管装入，扎紧气管口，蒸熟后，将原汁取出，用米粉和为丸，晒干，温开水吞服，每次服15克。不知此方能否经得起现代医学的检验？不过，由此看来，猪肺是个好东西。

猪蹄四法

桃花在树上盛开时 / 蹄花在锅里盛开 / 丽盘起头 / 折一枝桃花别在头上 / 丽用小口咀含蹄花 / 细品柔弹之爱 / 让胶质在皮肉中腴滑 / 肥糯在透明中充满口感 / 如同袁枚在钱兄家吃到的神仙肉 / 镜中是清朝的那个丽 / 那个姑娘

　　蹄膀一只，不用爪，白水煮烂，去汤；好酒一斤，青酱酒杯半、陈皮一钱、红枣四五个，煨烂。起锅时，用葱、椒、酒泼入，去陈皮、红枣，此一法也。又一法：先用虾米煎汤代水，加酒、秋油煨之。又一法：用蹄膀一只，先煮熟，用素油灼皱其皮，再加作料红煨。有土人好先掇食其皮，号称"揭被单"。又一法：用蹄膀一个，两钵合之，加酒，加秋油，隔水蒸之，以二枝香为度，号"神仙肉"。钱观察家制最精。

除猪蹄四法之外，《随园食单》中还记有一款"猪爪猪筋"：专取猪爪剔去大骨，用鸡肉汤煨之。筋味与爪相同，可以搭配；有好腿爪，亦可掺入。很明显，袁老先生是做猪脚的高手，一会儿白水煮清酱煨，一会儿虾米煎汤秋油煨，一会儿又专取猪爪剔去大骨鸡汤煨。特别是"鸡汤煨猪蹄"我一直沿用，还特别介绍给月母子再加点花生一起炖，吃了发奶。

猪蹄，字脚脚，号蹄花，又号猪手，猪的重要零部件。可卤，可烧，可蒸，可糟，可腊，与腰花、五花、脑花并称盛开在猪身上最解馋的四朵"肉花"。蹄花则是猪身上少有的那种，男女老少白领黑领大愤小青都喜欢的尤物。能被称为尤物，要归于蹄花独一无二的口感，皮黏糯如恋，肉腴滑似爱。特别是猪蹄里面的那根筋，更如花中之蕊，香弹口腔，人人喜欢。

小时候吃蹄花，大人们总会吓唬说："你敢吃，谨防叉掉你老丈人（岳父）！"意思是没结婚的人不能吃蹄花，吃了会讨不到老婆。那时虽不太懂事，但还是半信半疑担心真的找不到姑娘就不吃了，这样乐得大人们多吃几坨。当时也想过蹄花是不是具有魔法效力，是不是一朵朵被念过咒语的花。古时，书生上路赶考在途中或抵达京城，投店住宿，店主人总是以煮猪蹄供考生进食。"猪蹄"谐音"朱题"，寓意朱笔题名于金榜。考生当然要多付赏钱给店主。

成都有全国著名的老字号"老妈蹄花"一条街，位于人民公园附近，一入午夜人声鼎沸。烂醉的人脸和烂熟的蹄花相互混淆是非，"给哥老倌来一只优秀的前蹄！"服务生的吆喝声此起彼伏，而前蹄的皮肉比后蹄厚实是不争的事实。诗人默默每次到成都，每晚都会去拜倒在"老妈蹄花"的石榴裙下，冒着血糖电梯般飙升的危险，来一只前蹄，两分钟吃完又要一只前蹄，并半掩半饰地用上海腔普通话说："糖尿病，要吃好一点!"

川人对蹄花情有独钟。民间家庭中的婆婆妈妈，平常喜欢将猪蹄与雪豆合炖至软烂，因此在成都有人戏称此菜为"老妈蹄花"。其正宗做法是将整治好的猪蹄和清水泡涨的雪豆（大白豆）放入大砂锅内，掺入清水置旺火上烧沸，打去浮沫。放入拍破的姜块、料酒、醋少许（几滴），中火炖至蹄花和雪豆软糯且形整不烂时，调入精盐少许，加鸡精、味精，舀入汤碗中，随配用香辣酱或剁椒、味精和葱花调成的味碟上桌。

我在北京天下盐餐厅创过一款叫"毛哥蹄花"的蹄花菜。是将整治好的猪蹄煮到半熟，起锅抹干水分，抹上蜂蜜走油（油炸）呈金黄虎皮状切块，然后用冰糖炒糖色，下蹄花和香料炒，加料酒、清水、味精、精盐、醋几滴、生抽文火慢慢煨至软烂，收汁加花生末和葱花上桌，香糯的灿烂。

值得推荐的是北京望京黄门家宴上的一道"黄氏蒸蹄花"：先将治净的猪蹄剁成块，用葱、姜、料酒、盐码味两小时；然后将蹄花焯水，沥干水分，重新加料酒、姜、葱、盐、冰糖、几滴

古时，「猪蹄」谐音「朱题」，寓意朱笔提名于金榜。

香醋上笼用大火蒸两小时而成。此菜因蒸而口感浓郁，因操作简单而适合家庭烹调。

不要以为猪蹄只配做猪的下水，在秦汉时代，用猪蹄制作的"猪蹄羹"就成了当时的宫廷名菜；"糟猪蹄"是明朝宫廷名菜；"白云猪手"则是当代广东名菜。

梅花、桃花、蹄花……能称上花的东西，自有它盛开的味道，特别是蹄花，胶质和肥糯在透明中充满口感。不仅男人喜欢，女人更喜欢，在美容的旗帜下，美女们找到了对肥肉肆无忌惮大饱口腹之欲的正当借口。

排骨

在灵魂与肉体之间 / 排骨孤傲地把滋味悬着 / 等待着糖醋 / 孜然或者
糟香 / 高手用烤来触及 / 用蒸来安慰 / 在烹和调的双向味道上 / 尾气
排放着排骨之香

　　取勒条排骨精肥各半者，抽去当中直骨，以葱代之，炙用醋、酱，
频频刷上，不可太枯。

每次在北京胡同里吃烧烤，都会让我想起多年前在成都街边吃烧烤的那些味道，特别是像吹口琴一样吃了一串还想下一串的青椒排骨（一小截带肥排骨和一小截鲜辣青椒交错串成一串），那股从骨肉和青椒之间散发出来的幽香，至今仍在我鼻腔内外飘荡。袁老先生吃得比我们还讲究，取肥瘦各半的排骨，拿掉当中的直骨代以葱茎来烧烤。若举一反三，插进排骨孔洞的还可以是笋条、藕条、胡萝卜条，甚至是鱿鱼须之类，不仅可烤，还可红烧、清蒸以及挂糊上浆之后用油炸，等等。

　　排骨是肉的表哥，脊骨的兄弟，藏在腴润之中的柔脆。上世纪六七十年代，我家乡是只有"骨头"而没有"排骨"这个概念的，从食品公司凭票（每人每月供应一斤肉）买回家的肉都是连皮带骨的，有一根肋骨一块的，两根肋骨一块的；提着三根以上肋骨肉回家的人，就算是家里人口众多的大户人家了。烹制的时候，往往是先把骨头从肉里剔出来，拿去煮萝卜海带之类而成为一道汤菜。

　　到了80年代初，当一块块排骨纷纷从肥瘦肉中整齐地分离出来单卖，我学着母亲的做法，烹制了平生第一道排骨菜：将三斤排骨（要带一薄层肥肉）斩成一寸半节，在凉水里浸泡十五分钟去血水；然后焯水出锅放入大砂锅中，掺凉水高过排骨两寸；烧开撇去浮沫，加入拍破之姜三两、打结之葱二两、三钱白酒、五钱白糖、几滴香醋、几粒花椒、一个陈皮，烧沸之后转文火慢煨一小时；然后加盐，再转大火滚沸之时，加入切滚刀的三斤白萝卜和一斤胡萝卜，再次滚沸之后转小火，炖至萝卜柔软就可偷一嘴了。那一口咬下去便悄然脱骨的香糯排骨，当口腔从肥至瘦触到了肉与骨头之间那层皮的时候，我的乖乖，那一瞬间的软腴脆香，会让你眼仁上翻而感到极度的快活。之后一口又一口的香甜柔润的红白萝卜下肚，又让你眼睛一亮回过神来，发出嗯嗯的呻吟（快乐和萝卜的烫之交织）。我现在还常用此烹制方法来解馋过瘾。

排骨入馔，早在宋代就有宫廷名菜"粉煎骨头"，做法是用嫩猪肋条肉骨加葱、酒、酱油、花椒粉、绿豆粉入热油锅中用温火煎至金黄，肉熟而成。宋代还有一道"无锡肉骨头"，是用嫩猪肋条肉排加绍酒、葱、姜、茴香、桂皮、酱油、白糖等焖制而成，现在依然是江苏风味名菜。

如今的餐馆里，真正有滋有味又有型的排骨菜不多。前几年流行的所谓"彩虹大排"，取四五根连在一起的肋骨条，加了调味料整块烹制，端上桌时如一道彩虹升起，呈现给你的绝非虚幻的人生。有一年回成都，朋友带我吃过一道"糟香大排"，是用排骨与醪糟、姜葱、料酒、精盐一起蒸熟透，然后将番茄、姜葱、胡椒粉、红椒、高汤、青豌豆、醪糟汁、白糖、糖色等烹制成的汁淋于排骨之上。此款排骨菜有色、有香、有味，是我近年来吃到过的最为嫩滑合口的排骨。

我在北京天下盐餐厅创过一道"王献之排骨"，是我首创的中国书法宴的一道菜。王献之是魏晋时期著名书法大家王羲之的儿子，也是一位书法大家。先腌制排骨，然后进行卤制，再加调料炒制而成。做一铁丝钩穿进毛笔竹管中，再把一根根烹制好的排骨钓住悬挂于笔架之上，下面放置一只盛有蘸汁的砚台。当一架又一架的"王献之排骨"上桌，整个大厅就像在举办书法训练班似的。我在菜谱中这样写道："大书家王羲之的儿子王献之用笔瘦挺，嶙峻外展，如排骨。从笔架上取下排骨有挥毫之感。"

　　除了江苏的"无锡肉骨头"，各大菜系几乎都有著名的排骨菜，四川有"烟熏排骨"、"糖醋排骨"；陕西有"伞把排骨"；重庆有"腊排骨"；福建有"椒盐排骨"、"串葱排骨"、"红煨猪排"；广东有"豉汁蒸排骨"；浙江有"圆葱煎猪排"；山东有"烤猪大排骨"；湖南有"黄豆芽炖排骨"，等等。

猪肚二法

猪肚 / 一套子 / 可装鸡装鸭装人生 / 用爱欲之火清炖 / 以极烂为度 /
在肥与瘦之间切片 / 蘸清盐和口红食之 / 从此每天都有柔在蠕动 /
脆在发生

　　将肚洗净，取极厚处，去上下皮，单用中心，切骰子块，滚油炮炒，加作料起锅，以极脆为佳。此北人法也。南人白水加酒，煨二枝香，以极烂为度，蘸清盐食之亦可；或加鸡汤作料煨烂，熏切亦佳。

我一直觉得袁老先生没把肥肠和猪肝这两样美妙的下水列入《随园食单》，实在是件遗憾的事。我估计是老先生压根就不喜欢吃这两样东西，要不然他为什么只把猪肺、猪腰、猪肚等下水收入《随园食单》呢？！

我吃叫做肚子的东西，应该是从小时候尿床开始的。一尿床，母亲会做两样东西给我吃，一是炖一锅狗肉，二是蒸几只酿肚。酿肚就是把糯米灌入猪的膀胱即小肚子（俗称猪尿包），蒸熟切片吃。此法灵，吃几次我竟然不尿床了。后来我进行了改良，除糯米外，还加入腊肉粒、鲜豌豆、胡萝卜及少许花椒末，蒸出来压紧切片，像一朵朵盛开的鲜花，腊香扑鼻，成了我们餐厅非常受欢迎的一道菜。

其实最好吃的还不是小肚子，而是猪的胃即大肚。我真正吃到作为一道正式的菜上桌的肚子，是母亲用黄豆炖的肚条，小时候无肉的日子，就当吃肉了。那时的下水比肉便宜许多，且不要肉票，这也是母亲常买肚子来给我们打牙祭的主要原因。母亲用盐和醋反复揉搓肚子，冲洗制净；再把肚子切成条，焯一下水，沥干放入清水锅中；加姜、白酒少许、醋几滴、白糖、泡黄豆、盐，先中火后文火慢炖两小时就盛钵上桌了。记得有一次炖肚条，当母亲揭开锅盖，用筷子夹起一根肚条准备试味时，我把嘴巴快速伸了过去，母亲粲然一笑，把肚条吹了吹，塞进了我的嘴巴里……

母亲的爱以及肚条那糯那柔脆那腴香，充满了我整个童年的口腔。特别是肚尖上的那块厚厚的"肉"，无论是炖还是炒，那里——味蕾只为神仙绽放。后来又把此菜改进为用泡发的黄豆红烧肚条，柔软而充满黄豆的芳香。

从古至今，肚子有许许多多的吃法，不同的部位，烹调手法反差极大。袁老先生的第一法，其实就是川菜的"火爆肚头"；第二法则是现在的"清炖整肚"。特别是用鸡汤来炖煨肚子，是当代名菜"肚包鸡"的灵感之源。

"火爆肚头"不是什么人都会炒的。上世纪80年代，我身边喜欢烹调的朋友很少有人敢试，因为此菜非常讲究火候和刀工。想那一口的时候，大家就去怀光酒家或龚四面馆（酉阳知名馆子）。我问龚四师傅"火爆肚头"的炒法，他说：肚头难炒哦！先从肚头的外皮剞花刀，炒时油要多火要大，中途放白酒和豆瓣。现在我炒肚头依然遵从这些要诀。

西南地区烹调肚子，大多用来卤制或腊制下酒。而江南地区大多以肚为套，创意烹调出了许多新颖别致的菜式，"肚包鸡"便是其中的代表。做法是：用盐、醋洗净一只猪肚，将一只去内脏洗净的土仔母鸡套入猪肚之中，用棉线封口，竹签扎眼放气，加料酒、盐、白醋（几滴）、糖、姜、葱、胡椒，大火烧沸，转文火慢煨4小时至肚子软烂。喝汤汤鲜，吃肉肉香。也可根据自己口味加蘸碟。在此做法上，我加上了水发干墨鱼，并且泡发墨鱼的第二道水用以煨肚，这道"墨鱼肚包鸡"的口味和营养效果倍增。我还做过"肚包鸭"，将海带丝填入鸭腹再套入肚子里，和泡姜泡萝卜一起炖，其口感可想而知。

其实在元末明初时，江南地区已出现了"酿肚子"，是当时食用猪肚最新的方法。据元人韩奕的《易牙遗意》载："酿肚子，用猪肚一个，治净，酿入石莲肉。洗擦苦皮，十分净白。糯米淘净，与莲肉对半，实装肚子内。用线扎紧，煮熟，压实。候冷切片。"这便是我小时候尿床吃的酿肚子的祖宗了。中医认为猪肚味甘、性温，有补虚损、健脾胃的功效，可以治虚劳羸弱、泄泻、下痢、消渴、小便频数、小儿疳积等症。

从酿肚子到肚包鸡的创意我们不难看出，江南厨子极富想象力，并且在烹饪过程中，食材与食材（荤和素，海鲜和猪肉和鸡肉）之间相互味进味出，达到了从形式到内容的完美统一，这方面，是川厨应该学习的。

杨公圆

圆子 / 肉最具美感的表达 / 立体几何的香 / 在$\frac{4}{3}\pi r^3$的体积中 / 相间而酥 / 而嫩 / 而儿女情长 / 在芡粉和爱恋中滑向细腻 / 又在弹柔的圆球上充满口感 / 肉圆子的肉啊 / 味在肥瘦中各半 / 道在快剁细斩

　　杨明府作肉圆，大如茶杯，细腻绝伦，汤尤鲜洁，入口如酥。大概去筋去节，斩之极细，肥瘦各半，用纤合匀。

在《随园食单》中，除了杨公圆，还记有"八宝肉圆"、"空心肉圆"两款圆子菜。不难看出，两百多年前老先生在杨明府杨县长家吃的，就是我们熟悉的狮子头。

肉圆子这个东西我想是男女老少都喜欢的，弹香细嫩，入口酥化，为猪肉菜中之上品。我记得小时候要贵客登门，母亲才会做这极费材料的肉圆子，并且是一口一个刚够塞满口腔的那种。虽然每人只能吃到两至三个，但过肉瘾至极，不禁想振臂高呼：肉圆子万岁！登门贵客万万岁！

母亲基本是按七肥三瘦来选料的。一是肥多瘦少的肉要便宜些；二是这样的肉做出来的肉圆子吃起来才过瘾解馋。母亲说，最好用前夹肉，先把肉切成小块，然后用双刀快斩细剁（加少许姜），直到肉粒呈黄豆般大小为止。接下来加盐、湿红薯粉、醪糟汁、鸡蛋清抓匀，然后捏成乒乓球大小的圆子。锅里加清水，放极淡的盐（放重盐或不放盐，均会影响圆子的口感），待水烧沸，将肉圆子一个个轻放进锅里，并用勺背轻推以免粘锅；当圆子全部浮于汤面，下胡椒粉和白糖，抓一大把萝卜秧秧或嫩豌豆尖（这两种青，是清汤圆子的最亲）下锅，迅速起锅装钵。今人做肉圆子，特别是餐馆厨师做的肉圆子，大多数非常难吃，主要是没了飞舞双刀的快斩细剁，而是用绞肉机把肉绞成了肉酱。这样做出来的圆子既无口感又无肉味。

十年前在成都，我结识了年近花甲的何姓老大哥，他既是做肉圆子的高手，又是肉圆子的鉴赏专家（他曾专门去几十家做肉圆子的大小餐厅品尝过）。他的理论简单明了：能吃出"肉"味的肉圆子才叫真正的肉圆子。有一次，他带我去成都肖家河的"朋辈"餐厅，我们一共四人，便要了大份的招牌菜"黄豆芽炖肉圆子"。当第一个肉圆子塞进口腔并被咬破的一刹那，我知道自己吃到了最难忘的餐馆肉圆子，那肉香直到今日还扑鼻阵阵。

要做出有"肉"味的肉圆子，也不是一件容易的事。在选料上，首先不能用全瘦肉，根据我的经验，一半肥一半瘦的比例最为合适；其次是不要把肉剁得过细，更不能弄成肉泥状；再就是肉末里除了水豆粉以外，最好再加点鸡蛋清，这样的肉圆子会更嫩更鲜。

江南那边做肉圆子，大都喜欢在肉里加入松子仁、荸荠、蟹黄、海米等，正如袁老先生的"八宝肉圆"，"用松仁、香蕈、笋尖、荸荠、瓜、姜之类，斩成细酱"，使圆子的味道及口感都非同一般。而川人做圆子，很少往肉里放配料。有一年去重庆万州，朋友带我去吃当地的一种特色小火锅，这种锅与北京的涮羊肉铜锅一模一样，也是中间烧木炭那种，但里面是煮熟了的麻辣鸡或鱼或圆子。我点的是不辣的肉圆子锅，圆子是先煎过的，锅里还配了猪蹄筋、笋子、黄花等辅料。当我咬破第一个圆子，并在口腔里来回地滚动着咀嚼（烫啊），有一种鲜脆之香让我感到肉圆子里放了某种东西。朋友叫老板出来一问，得知肉圆子里除了放姜、葱，还放了藕末和海米。我说就是觉得有点江南的味道嘛。

江南的狮子头应该是四川肉圆子的大表哥，常在水乡做肥七瘦三状，硕大而富有。据传此菜是隋炀帝杨广到扬州看了琼花以后，对扬州万松山、金钱墩、象牙林、葵花岗四大名景十分留恋，回到宫里，便吩咐御厨以上述四景为题，创制了四道名菜：金钱虾饼、松鼠鳜鱼、象牙鸡条和葵花献肉，其中的葵花献肉便是当今江苏名菜清炖蟹粉狮子头的老祖宗。

狮子头虽然也是个好东西，但我觉得，吃狮子头的时候，要把一个圆球破解成若干不整齐的小块，然后一块一块地送入口中，就不如一个肉圆子整个入口触击口腔具有口感，且在封闭的口腔中破圆而香；再就是肉圆子做起来简单方便且能快速解馋。所以我常按母亲的做法做一道家常菜——酸菜粉丝肉圆汤，放少许油把酸菜炒香之后再加清水煮汤下肉圆子，大家不妨一试。

蜜火腿

一只油亮火腿 / 如同鲜香的第三者 / 从闺蜜之中抽出 / 与笋子打情 / 和白菜打俏 / 约猪腰在鸡汤中勾搭 / 成奸 / 成扬州名菜火腿酥腰 / 于是我看见袁枚在隔户偷窥 / 一只云腿 / 深深插进了味道

　　取好火腿，连皮切大方块，用蜜酒煨极烂，最佳。但火腿好丑、高低，判若天渊。虽出金华、兰溪、义乌三处，而有名无实者多。其不佳者，反不如腌肉矣。惟杭州忠清里王三房家，四钱一斤者佳。余在尹文端公苏州公馆吃过一次，其香隔户便至，甘鲜异常。此后不能再遇此尤物矣。

取好火腿，连皮切大方块，用蜜酒煨极烂，最佳。

除了这款称之为尤物的"蜜火腿"，《随园食单》还记有笋煨火肉、黄芽菜煨火腿、火腿煨肉等多款火腿入馔的菜肴。显然，生性浪漫多情的袁大才子，也喜欢这修长秀美、香甜鲜醇的火腿啊！非夫妻的某男和某女暗地里发生过肉体关系，民间说法就称某男和某女有一腿。这一腿形象地表达了男女之间，在情爱上的色、香、味、形、器、意。中国的许多菜式与火腿有一种亲密关系，特别是山海珍品类的"富二代"菜肴，百分之八十以上与火腿有一腿，以提味增香。所以一道以火腿绝配上桌的菜，必须色如"红颜"，香如"幽兰"，味如"嫩鲜"，形如"缠绵"，器如"爱巢"，意如"云雨"。

火腿应该在宋代就有了。明初，苏州人韩奕的《易牙遗意》中出现了有关记载，把火腿叫做"火肉"，其制法是："以圈猪方杀下，只取四只精腿，乘热用盐，每一斤肉盐一两，从皮擦入肉内，令如绵软。以石压竹栅上，置缸内二十日，次第翻四五次。以稻柴灰一重间一重垒起，用稻草烟熏一日一夜，挂有烟处。初夏水中浸一日夜，净洗，仍前挂之。"很明显，那时候就已经有修坯、腌制、洗晒、整形、发酵、堆叠等工序了。

据传说，火腿的发明与宋代浙江人民支持宗泽及其将士抗金有关。当时，为了把猪肉运送往前线而不变质，就用盐擦猪肉然后风干，经过数月运到前线时，腿肉色红如火，鲜艳夺目，便被称为"火腿"。以后火腿制造业者遂尊宗泽为祖师爷。《常中丞笔记》中称火腿为兰熏，《东阳县志》称熏蹄，《本草求原》称南腿，原产浙江金华一带，后传往各地。其主要名产有：浙江的金华火腿，又称金腿；江苏的如皋火腿，又称北腿；云南的宣威火腿，又称云腿，等等。

而在金华火腿的众多品种之中，有一名产叫"雪舫蒋腿"，又称"蒋腿"或"贡腿"，产于东阳县上蒋村。雪舫这诗一般的名字，其实是作坊业主之名。此靓腿粗细均匀，修长秀美，皮薄肉厚，瘦肉嫣红，肥肉透亮，不咸不淡，香甜鲜醇，为火腿中之上品，清代曾列为贡品，名扬海内外，有"金华火腿产东阳，东阳火腿出上蒋"之说。鲁迅先生1929年由上海回北平探亲，于5月22日致许广平信中说："云南腿已经将近吃完，是很好的，肉多、油也足，可惜这里的做法千篇一律，总是蒸。听说明天要吃蒋腿了，但大约也是蒸。"由此看来，鲁迅先生也是一位火腿爱好者，只是不满意做法总是蒸。

火腿可做冷盘、热菜、汤羹、砂锅、火锅等的原配料，也可用来做面点的馅料。既能孤芳自赏单独守寡成菜，也可嫁给海鲜、河鲜、燕窝、熊掌等大佬做老婆或二姨太、三姨太，以赋味增鲜、添色加香。前不久我应邀去云南大理开诗会，散会那天组委会请我们去大理最具民族特色的餐厅会餐。每上一道菜大家都赞不绝口，其中一道"火夹清蒸鸡枞"让我眼珠子一亮，连下了两筷子。坐在旁边的云南大学艺术设计院李森院长（诗人加吃货）看出我对此菜感兴趣，立马介绍说，这是一道传统的云南名菜。云南盛产鸡枞菌和火腿，这道菜的做法是：两片鸡枞中镶夹入一片云腿片，边夹边理成砖头形状入扣碗内，并把摘下来的鸡枞帽垫入碗中做底，加入鸡汤和盐，上笼蒸制而成。李院长说，此菜的传统做法，在云南已不多见。

晚清重臣曾国藩有一道私房菜，人称"曾鱼"。起初是其学生李鸿章见老师三次因兵败企图自尽，劳累至吐血，就请厨师用一只瓦缸把鳜鱼与火腿一起煮熟，汤鲜鱼嫩火腿醇厚，送与老师，曾国藩食之精神大振。后来这菜便成了曾府的私房菜。这是一道典型的与火腿有一腿的河鲜菜肴，可想象其味道，也可试着与鳜鱼来上一腿。

猪腰

一对猪腰 / 在洁白的板油深处 / 柔嫩而富有弹性 / 如少女的乳房充满
手感 / 通过烹调逼近素的东西 / 离肥肉很远 / 离瘦肉很近 / 在连接
不断的脆嫩中下酒 / 又在腴滑香艳的滋润中下饭 / 你白日梦里的那
一口 / 在树上 / 随腰花开放

    腰片炒枯则木，炒嫩则令人生疑；不如煨烂，蘸椒盐食之为佳。或
加作料亦可。只宜手摘，不宜刀切。但须一日工夫，才得如泥耳。此物
只宜独用，断不可搀入别菜中，最能夺味而惹腥。煨三刻则老，煨一日
则嫩。

炒过猪腰的人都知道，袁老先生关于烹调腰子之教导温暖而又真切，即腰子炒枯了就会有木硬感，炒嫩了就会令人疑惑半生不熟。不过把猪腰拿来煨上一天而且还嫩，恐怕当今很少有人这样试过。有一次，我去一家馆子烫（涮）重庆火锅时，有意识地从一开始就下几片猪腰，在锅里让它煮到最后一刻，才逐一捞起来尝试，以验证"煨一日则嫩"的说法，结果此腰儿还真的有返老还嫩的口感。

小时候就喜欢吃妈妈用自家的泡椒泡姜炒的腰花，但每一次都没吃够过。一般是两个腰花炒一盘，一家五口两筷子就夺光了，最后往往是以我迅速地将盘子端起，把盘内剩下的汤汁毫不留情地倒进自己的碗里拌饭收场（这种抢盘中汤汁拌饭的快速动作一直沿袭到现在）。于是我常抱头遥望星空：要是猪的全身都长满腰子那该有多好啊！随时都可以像割韭菜一样，割下心爱的腰子炒上一盘，割了长，长了又割，天天都有炒腰花。

腰子是猪身上最好吃也最让人感动的部件之一，一猪就两个，每个二三两，虽然不幸地被列入下水杂碎之"五类分子"，且从来入不了名菜，但是一盘由妈妈用鲜艳泡椒炒出的腰花，就像成都三月盛开的一朵朵桃花，绚烂得香嫩。所以在那些无肉的日子里，腰子显得孤独且珍贵，除了它嫩脆得朗朗上口以外，还有它姓腰（妖）名花，妖花也！

重庆诗人宋炜是一个腰花的爱好者。有一年冬天我回老家重庆西阳，哥们儿赵凌霄、卢平请我去他们开的"老院子"餐厅吃饭，并叫宋炜也一起过来喝酒。席间，宋炜说他前一天路过菜市，看见绿嫩嫩的豌豆尖时，眼睛一亮，立马冲去对面肉铺买了两个猪腰子，然后回过头来买了一大把豌豆尖。回家赶紧将腰子洗净去皮，对剖开去腰臊，切成花，用盐、豆瓣、白酒、水豆粉码转；用酱油、醋、料酒、汤、糖、味精、芡粉兑成滋汁。只见半仙宋炜口若悬河：起一个七成油热的菜油和猪油的混合油锅，放入花椒和干辣椒及姜片和蒜片炒香，然后下腰花快炒，跟着下豌豆尖快炒，迅速下滋汁炒转起锅上桌。可以想象炜哥接下来一口香脆腰花，一口柔嫩豆尖，再来一口白米饭的抒情吃相。其实，炜哥做的是一道改良过的川菜传统名菜"火爆腰花"。

在像腰花一样盛开的记忆中，让我最难忘的是1976年的那个寒假，我去哥哥牟平凡插队当知青的乡下帮助他劳动。有一天黄昏，他去街上赶场（赶集），用南瓜叶包了两个腰子回来（哥哥知道我太爱腰花了），然后去自己种菜的园圃拔了两棵蒜苗，又在旁边沙堆里刨出一小棵老姜（那时一种保存姜的方法），就这两样作料。只见哥哥将腰子洗净切成花状，用盐、白酒、白糖、醋、红苕芡粉码起（一看便知其手法是向母亲学来的）；然后将老姜切成片，蒜苗切成节，把一直舍不得吃的一白搪瓷盅猪油浸泡的油渣从红木箱里取了出来（至今我还记得盅盅上还印有"为人民服务"几个毛体大字）。于是我赶紧往灶孔里加干柴干草燃起大火，只见哥哥放油渣、炒姜、下腰花、撒蒜苗，三下五除二就把一盘"油渣腰花"炒起锅了。那天晚上虽然是点煤油灯在灶头上吃的饭，但黑暗中油渣的脆，腰花的柔和蒜苗的香，却升起了至今还在闪耀的幸福光芒。

猪腰质地细嫩，它是猪的宝贝儿，是给人手感和口感都很美妙的肉。如果把腰花炒得有滋有味，我敢肯定没有几个小孩不喜欢的。它离肥肉很远，离瘦肉很近，但又高于瘦肉那些东西；有时它从内心里则接近着素菜。在当今的许多素菜馆里，几乎都会有一道仿荤炒腰花，这说明腰花早已深入人心，它确实是一朵朵和味蕾一起盛开在食欲上的花。

粉蒸肉

诗人周墙 / 半肥半瘦 / 提一块猪肉 / 也半肥半瘦 / 晃荡着 / 穿过80年代的某一天 / 敲开准老丈人的房门 / 墙哥要去冒险做一道粉蒸肉了 / 用藏进肥而不腻的绝招 / 抬高吃口 / 让婚姻就范 / 当大米和花椒被炒到金黄的那一刻 / 墙哥预感到了 / 扑面而来的嫁 / 随花轿来临

　　用精肥参半之肉，炒米粉黄色，拌面酱蒸之，下用白菜作垫，熟时不但肉美，菜亦美。以不见水，故味独全。江西人菜也。

肯定地说，粉蒸肉是绝大多数人民群众喜欢的肉菜之一。特别是在中国的南方、西南以及中原一带，粉蒸肉是各个家庭逢年过节款待亲朋好友的必备美食，其做法和所呈现的形式、味道惊人地一致。正如袁枚老先生所说，取精肥参半之肉，炒米（加少许花椒、八角等香料）为黄色，然后碾成米粉，拌面酱（豆瓣酱或腐乳）蒸之。

我觉得，一个人对粉蒸肉的热爱，几乎可以断定他（她）对生活的全部热爱，因为粉蒸肉里包含了咸、甜、酥、烂、肥、香、柔、嫩、粉，而在这些热爱生活的人群中，民国才女张爱玲是最具代表性的一个。张爱玲在小说《心经》中写道，许太太对老妈子说，开饭吧，就我和小姐两个人，桌子上的荷叶粉蒸肉用不着给老爷留着了，我们先吃。这里提到的粉蒸肉，特别是荷叶粉蒸肉，是地道的江南美食，也是张爱玲最好的"那一口"。她爱吃粉蒸肉已经到了哲学层面，她曾说，上海女人像粉蒸肉，广东女人像糖醋排骨。我的诗意理解是，旗袍般的荷叶里，包裹着酥烂的柔情；糖醋味的骨肉中，甜酸着油亮的爱。

用菜来形容人，而且如此贴切，可见张才女名不虚传，更见她对美食的独到体悟。有一次参加北京电视台《北京味道》系列片的录制，我谈家乡菜与家乡味，就举了张爱玲用粉蒸肉比上海女人的例子。大概是受了张爱玲的启发，当时主持人问我重庆女人像什么，我脱口而出——麻辣火锅，热烈而滋润；而成都女人像色红嫩香的鱼香肉丝，带一点淡淡的酸和浅浅的甜。后来主持人问我觉得自己像什么，我说就像一道柔润腴香肥而不腻的回锅肉。张爱玲说上海女人像粉蒸肉，她本人却不像，她更像另一道上海名菜"清炒虾仁"。这道菜要用猪油炒才最好吃，就像张爱玲的爱情，要用胡兰成这样的猪油来炒，才色泽鲜嫩，清脆爽口。

粉蒸肉又叫鲊肉，在江西叫米粉肉。这道菜始于清朝，在民国盛行，在张爱玲时代达到顶峰。为什么这么说呢？首先是粉蒸肉的食材，那个时代的猪是自然生长，并喂养粮食和熟饲料，肉质香嫩异常；然后是包粉蒸肉的荷叶，现在已经没有朱自清《荷塘月色》里的荷叶可以用了，因为那时的荷塘和月色里是没有什么污染的。

地道的荷叶粉蒸肉是非常讲究的，要用杭州苏堤北端"曲院风荷"里的荷叶，现采、现包、现蒸，才能成就这道大俗大雅的美食。现在都市的食肆里也有荷叶粉蒸肉、荷叶粉蒸排骨，但用的都是干荷叶，吃起来不但没有荷叶的清香，反而有股枯叶的衰败味道，很倒胃口。

粉蒸肉是流行于江南、西南的美食，也是我从小爱吃的，我最早吃到的粉蒸肉，自然是母亲做的。她爱用槽头肉做，这种肉既便宜，又肥而不腻，口感好。我专门写过一篇《槽头肉》来纪念母亲给我的美味。所以我对粉蒸、粉子、红粉等这些粉嫩之词格外亲切，还曾写过诗句：哦，我粉蒸的粉子；哦，我热气腾腾的美女。

　　说到粉蒸肉，我的朋友周墙有一个甜蜜的故事：三十年前，他正在追求现在的夫人，去准岳丈家，为了搞定岳父大人，专门做了一道粉蒸肉。当时他灵机一动，加了豆腐乳和醪糟汁，肉蒸出来之后，更加香醇柔嫩，准岳丈吃了非常满意，在饭桌上当场就答应将女儿嫁给他。聊起这道拿手菜，周哥现在还颇为得意。他说，做粉蒸肉的绝招不仅仅是一点腐乳，做米粉时，糯米和粳米要各半，加花椒粒炒至金黄，现做现蒸，要蒸两个小时以上才够入味。粉蒸肉不但周墙的岳丈喜欢，袁枚喜欢，大多数人都喜欢。粉子和肉相得益彰：肉的油腻被米粉吸收之后，粉子多了柔糯腴润的感觉；而肉被粉子从腻拉向滑柔，吃起来很解馋，又下饭下酒。

白片肉

猪 / 黑毛 / 在清朝的乡下 / 长了一年的膘 / 呈煎煮炖炒的各个部位 / 粉嫩而紧实 / 它曾试图躲过出栏 / 躲过人怕出名猪怕壮 / 躲过味道 / 但在烹和调之间 / 肥瘦已经分明

　　须自养之猪，宰后入锅，煮到八分熟，泡在汤中，一个时辰取起。将猪身上行动之处，薄片上桌，不冷不热，以温为度。此是北人擅长之菜。南人效之，终不能佳。且零星市脯，亦难用也。寒士请客，宁用燕窝，不用白片肉，以非多不可故也。割法须用小快刀片之，以肥瘦相参，横斜碎杂为佳，与圣人"割不正不食"一语，截然相反。其猪身，肉之名目甚多。满洲"跳神肉"最妙。

我曾提出过猪身上最尖端部位的肉最好吃。比如，耳朵、拱嘴、尾巴、蹄子等，除了睡觉它们有事无事都运动着，于是这些部位的肉叫做"活肉"。这与袁老先生说的"猪身上行动之处"如出一辙，走路的后腿前腿和摆动的肚皮（五花）也都是"活肉"。

　　所谓"活肉"，就是猪的某些部位被充分增加了血液循环，所以现代一些得法的养猪场，会让猪散步、跑步甚至游泳。其实早在清朝，慈禧太后也是这么做的：首先在七八十斤的猪崽里选出一头，宰前三四天开始喂精饲料，宰前三四小时，派一名小太监拿竹板追打这只小猪。如果想吃后腿肉，竹板就必须落在屁股上，不断追逐拍打，直到小猪跑不动时，才开始屠宰。据说，猪出于护疼的天性，全身的精血集中在竹板拍落的地方，把这块肉剜出来，便成了甘腴无比的御膳原料了。

　　这些"活肉"最好的吃法就是追逐它的本味，而本味之中的上乘味道便是袁老先生这道"此是北人擅长之菜。南人效之，终不能佳"的"白片肉"了。白片肉，又称白煮肉、白肉，起源于清代，满族入关后从宫中传到民间。《焚天庐丛录》记有大吃白肉的情景："清代新年朝贺，每赐群臣吃肉，其间不杂他味，煮极烂，切为大脔，臣下拜受，礼至重也，乃满洲皆尚此俗。"

　　白片肉的芳名其实是随着开业于乾隆六年（1741年）的北京砂锅居（原名"和顺居"）而香气四溢的。民国大吃家唐鲁孙在《白肉馆——砂锅居》一文中就有这样的描述："尤其白片肉五花三层，切得肉薄片大，肥的部分晶莹透明，瘦的地方松软欲糜，蘸点酱油、蒜泥一起吃杠头子（北平一种极硬发面饼），确实别有风味，是前所未有的。"这让我想起了川菜的著名凉菜"蒜泥白肉"。蒜泥白肉也是先白煮，然后拉锯进刀剖片，再淋上红酱油、红油、蒜蓉、盐、冷汤等。其特点是：肉白汁红、咸鲜微辣、蒜香味浓，拥有成千上万的白粉。其实这道蒜泥白肉就是从北方的白片肉改进而来的。据考证，与袁枚同时代的四川罗江文人李调元整理他父亲李化楠宦游江南时所收集的烹饪资料手稿，也将江浙一带的"白煮肉法"载入其饮馔著作《醒园录》中。也就是说，白肉应该是从北方入中原，再从中原转至江南，最后传到四川的。

当代诗人李亚伟是一个白肉爱好者，近三十年来，他像征服诗歌一样征服着白肉，每顿必用白酒白肉下酒下饭。每年春节来临，他总会在酉阳老家杀一头土肥猪，割下瘦肉送人，自己则把分割成四方块的肥肉一块一块打包放入冰箱慢慢享用。李亚伟吃白肉的方法非常简单，就是不加任何调味料把肥肉直接煮熟后，蘸酱油和醋吃。

在中国吃白肉的历史上，还有一位白粉值得一提，那就是张学良将军。张学良喜欢辽菜，特别喜欢家厨王宝田做的白肉血肠。白肉血肠是从古代帝王及族长祭祀所用祭品演变而来。据《满洲祭神祭天典礼·仪注篇》记载，满族长期以来信仰萨满

白片肉须自养之猪之"活肉"。

被追打的小猪肉最是甘脆无比。

教，祭祀过程中，以猪为牺牲。每逢宫里举行祭祀时，"一猪入门，置炕沿下，首向西。司俎满洲一人，屈一膝跪，按其手，司俎灌酒于猪耳内……猪气息后，去其皮，按节解开，至于大锅内……皇帝、皇后诣衣行礼……神肉前叩头毕，撤下祭肉，盛于盘内，于长桌前，按次陈列。皇帝、皇后受胙。或率王公大臣等食肉"。这种肉叫做福肉，即白肉，便是袁老先生在文中提到的"跳神肉"了。所谓血肠，即"司俎满洲一人进于高桌前，屈一膝跪，灌血于肠，亦煮锅内"，通称白肉血肠。

炒肉丝

肉 / 切丝 / 纷飞 / 一些朝向干煸 / 一些朝向甜酱 / 而另一些紧跟葱姜蒜 / 朝向鱼香 / 那是泡辣椒的香艳 / 在肉丝的滑嫩处 / 相遇 / 让舌头激荡 / 在甜与酸之间 / 充满口感

　　切细丝，去筋襻、皮、骨，用清酱、酒郁片时，用菜油熬起，白烟变青烟后，下肉炒匀，不停手，加蒸粉，醋一滴，糖一撮，葱白、韭蒜之类；只炒半斤，大火，不用水。又一法：用油泡后，用酱水加酒略煨，起锅红色，加韭菜尤香。

记得在上世纪六七十年代，能炒上一盘肉丝，家境绝对算得上是比较讲究和富裕的了。那时凭供应证购得的一月一斤的猪肉，一般都是拿来切成肉片，然后配上大堆素菜炒成满满一大盘回锅肉上桌，一大家子人仅仅能吃个肉味而已。好像是到了上世纪70年代末80年代初，炒肉丝才渐渐进入城镇普通家庭，开始一般是榨菜炒肉丝、青椒炒肉丝、芹菜炒肉丝等。那时觉得炒肉丝要比炒肉片高级且下酒下饭些。

　　那些年头我吃到的最好吃的肉丝，是上大学时一个胖子师傅炒的酱肉丝，四毛钱菜票一份。当排队打饭离很远看见窗口那一盆热气腾腾的酱肉丝时，一边吞清口水一边想：等老子有钱了一次打十份来过瘾！三十多年过去，我至今依然难忘那腴香酱滑夹带着的一丝丝葱白与白米饭大口大口地塞满口腔的绝妙快感。许多年后我才知道，胖子师傅的酱肉丝其实是一道川菜传统名菜"炒酱肉丝"，特点是肉丝呈酱褐色，吃时拌葱丝，入口细嫩，酱味香浓，下饭至极。不过如今我炒这道菜时，会在瘦肉丝中稍加一点肥肉丝，这样吃起来更觉得嫩气、滋润。

　　在家里炒肉丝，其实真正的困难首先在于把肉切成丝。餐馆里的厨师一般是先将肉切成片，然后再把肉片切成丝。而我母亲当年教我的，是先将一块肉均匀地切成片，但每片不切断（底部薄薄地相连），然后将肉片阶梯般按平切成丝。这样切丝既快又可避免用片刀时伤手，是家庭切肉丝的好方法。其实炒肉丝切丝是有些讲究的。拿川菜来说，炒酱肉丝、鱼香肉丝等一般切成二粗丝（较常用的一种规格，粗约一分，长约三寸，要求切均匀，不连刀），干煸肉丝等一般切成粗丝（粗约一分五，长约二寸）。而袁老先生只说了炒肉丝切细丝。

不能不提的是中国肉丝之王——鱼香肉丝。这道川菜的代表菜，大家似乎都吃过，但我在这里可以告诉大家，你们现在吃到的鱼香肉丝，几乎都不是正宗的。当今猪肉的不正宗性就不多说了，好的猪肉，应该出自一年以上出栏、吃煮熟的粮食饲料长大的猪。炒的时候，首先要用混合油来炒（一半猪油一半菜油），而不是用色拉油之类；二是要用泡有鲫鱼的泡菜坛泡出来的二荆条红辣椒（正是得"鱼香"之名的重要推断）；三是糖和醋的比例应以3:2为宜（三分糖、二分醋）；四是蒜、葱、姜的用量比例应为3:2:1。这样才能得到咸、甜带辣微酸的鱼香味。当然加入黄瓜丝之类，就更离鱼香肉丝的谱了。正宗的鱼香肉丝，应该加豌豆尖或玉兰片丝以及木耳丝。

据我推断，"鱼香"这种口味一定是后来从淮扬（荔枝味）那边入川的。因为在收录了1328种川味菜肴、1909年出版的《成都通览》中，没有一味鱼香味的菜肴。把荔枝味安放在泡椒及姜、葱、蒜上时，鱼香便成了一种味型，且形成了系列菜品，如鱼香茄子、鱼香锅巴、鱼香菜薹、鱼香银鳕鱼等。这是川菜对中国烹饪的最大贡献。也难怪鱼香肉丝成了"神舟十号"宇航员们开胃下饭的头菜。

前不久，我去眉州东坡参加首届中国川菜（北京）美食文化节开幕式暨世界美食家川菜味道盛会，其中就上了一道鱼香肉丝。和我同桌的中国烹饪大师郑秀生、史正良、崇占明、孙立新、屈浩、郑绍武等一一下筷品尝。邻座的川菜大师郑绍武跟我耳语：鱼香肉丝临炒时，应加点清水揉捏进肉丝里，成品会更嫩爽；而不用里脊用肥瘦相间的前腿肉，口感更加腴润。川菜大师史正良则在私下交流时对我说：虽然大家是朋友，但我还是要说，今天的鱼香肉丝和宫保鸡丁均差些"火候"啊！

杂牲单

羊头

羊脑想着白云 / 羊舌恋着草 / 千里风中 / 羊耳听见 / 灰太狼在爆炒 /
羊鼻闻着峰坡 / 羊脸朝红烧 / 夜明珠里 / 羊眼看见 / 吃货在清朝

　　羊头毛要去净；如去不净，用火烧之。洗净切开，煮烂去骨。其口
内老皮俱要去净。将眼睛切成二块，去黑皮，眼珠不用，切成碎丁。取
老肥母鸡汤煮之，加香蕈、笋丁，甜酒四两，秋油一杯。如吃辣，用小
胡椒十二颗、葱花十二段；如吃酸，用好米醋一杯。

十年前的冬天，我在北京月坛北街的一条胡同里，第一次惊喜地发现，有人推一手推车，正叫卖着酱制的羊头、羊肝、羊肺、羊肠、羊蹄，等等，羊身上的各个部件应有尽有。这在我南方的老家是看不到的。

我当即买了两只羊脸和一些羊板肠，拿去望京黄珂大哥家。羊头肉切片，起一个五成热的菜油锅，先下切好的泡椒泡姜炒香，然后下羊头肉翻炒入味，最后下蒜苗节转炒几下起锅，就成下白酒的柔脆适口之尤物了。羊板肠我则是把它切成丝，配上椒盐碟子蘸着吃。

据说在以前老北京的胡同里，卖羊肉的小贩身背一个腰圆形的小木盆，上面盖着一块干净的白布，旁边还挂着一盏煤油灯，每到冬天的黄昏，你便会听到，从起音高亢到尾音低沉的叫卖声："羊头——肉咧"……吃法则是小贩把羊头放在小木盆的盖板上切成薄片，然后蘸椒盐吃。

关于吃羊头肉，在宋代孟元老的《东京梦华录》就有"烧羊头"、"入炉羊头签"、"批切羊头"、"点羊头"等的记载了。元代有一道极富诗意的宫廷名菜，叫做"带花羊头"，它是元朝太医忽思慧所著《饮膳正要·聚珍异馔》记载的元宫廷食用的94种主要菜点之一，用羊头、羊腰、羊肚、羊肺和鸡蛋、萝卜等加调料炒制而成。

我觉得袁老先生做羊头的精彩处在于，用了传统厨子们不敢想象的老肥母鸡汤来煮羊头，并且加上香菇和笋丁增香提味，把羊的膻和鸡的鲜在"甜酒四两"中亲密地结合了起来。

2004年，我在北京甘家口开二毛私家菜馆时，有一天女哥们儿刘袁平自带材料来店里，用羊头做了一道她的闺房私菜：起一个花生油锅，将姜、蒜米及洗澡泡萝卜片下锅炒香，加洗澡泡菜水、盐、糖、白酒少许、胡椒粉、番茄片、卤（酱）羊肉片，中火烧煮开锅，然后抓大把蒜苗节撒入，开锅两分钟就舀起来上桌了。记得当时我舀了一大碗，先喝一口香汤，再夹一片羊头肉入口慢嚼，我的老天，妙不可言啊！

羊头肉这个东西，不仅老北京人喜欢，江南的袁枚大诗人喜欢，听说连九十多岁的南非前总统曼德拉也喜欢。据曼德拉的私人厨师恩多伊娅在《家常菜——纳尔逊·曼德拉私房菜》一书中透露，曼德拉最喜欢吃羊头肉和羊舌，其次是动物内脏做的菜。

非常有意思的是，羊头肉做出来的菜之花样，是其他动物头不可比拟的，并且所取菜名都充满诗意和天才的想象。比如，仅羊的耳朵就可分为上、中、下三段做菜，羊耳尖做成"迎风扇"，羊耳中段做成"双凤翠"，羊耳根做成"龙门角"；还有用羊鼻梁骨上的肉做成"望峰坡"，羊上膛肉做成"上天梯"，羊舌上半段做成"迎香草"，羊上下眼皮做成"明开夜合"，羊脑做成"白云烩"，羊眼做成"夜明珠"，等等。

2012年11月的一天，北京小马奔腾影视文化发展公司老板李

以前，羊肉小贩总是出没于老北京胡同里的冬日黄昏。

明（大狗哥）率导演吴宇森夫妇、演员佟大为夫妇以及搜狐总编刘春、作家孔二狗等，来北京南新仓天下盐餐厅吃我专门为他们设计制作的羊头宴。我用二十四只羊头做了二十四道不同的羊头菜，当 "带花公羊头"、"羊眼看桃仁"、"面条上天梯"、"酱洗羊脸"、"宫保羊头皮"、"葱爆羊吻"、"粉蒸羊围脖"、"明开夜合"等一一上桌，那一刻，我看见大狗哥、吴导、佟大为的眼睛都为之一起闪亮。特别是吴导，前半小时就没停过筷，而且边吃边不断地向我点头微笑，举起酒杯。我想这已经是对我这一席羊头宴最高的赞赏了。

牛肉

将牛腩用盐用初恋 / 用料酒码味 / 随老姜 / 独蒜 / 激情 / 泡椒和红颜 / 香料和小清新 / 一起下油锅炒至金黄加汤 / 先用十八岁的猛火 / 后转五十岁的欲火慢煨 / 在三小时后的香辣中 / 有爱的柔软 / 情的黏糯 / 恋的缠绵

买牛肉法：先下各铺定钱，凑取腿筋夹肉处，不精不肥；然后带回家中，剔去皮膜，用三分酒、二分水轻煨极烂；再加秋油收汤。此太牢独味孤行者也，不可加别物配搭。

袁枚不愧是一个真正的吃货，买牛肉除了要讨价还价，还得挑选那种无筋、不精不肥的腿肉，回家用酒和清水煨至极烂，最后加适量酱油慢慢收汤而成。做法简单明了，完全可以想象其味道的美妙。在当今北京望京的黄门家宴上，人称当代孟尝君的黄珂也有一道拿手的牛肉汤锅菜，从2000年至今的十三年中，估计一共有上千锅上桌，连辣带麻裹香一共塞进过至少三万人次男女食客的嘴巴。

　　这道菜是上世纪70年代初，黄珂当知青的时候捣弄出来的。一年冬天，一头耕牛从山崖上摔下来死了，他用几毛钱买得一张肚脯皮，连同社员送给他的两只带毛的牛蹄，打整之后，用花椒、海椒、泡椒、泡姜等调料，炖煨出满满一锅，再去门前自家园圃里摘来一大把嫩绿的香菜放进锅里，香气弥漫在生产队的上空，然后朝其他生产队飘去。闻香而来的十来个重庆知青围坐在火炉旁，边吃边畅谈革命的理想。二两烧酒下肚，开始猜拳行令，赢家吃菜："四季财，幺妹来，七星岗闹鬼……"从每人当庄走一圈到分成两大阵营划南北，之后偏嗓子公鸭嗓子齐声高歌："亚非拉，人民得解放，自由的，旗帜在飞扬……"黄珂说那一晚是那年冬天最幸福的夜晚，香辣而滑糯。

　　这让我想起上世纪六七十年代，老家酉阳街上赶场天"服务社"门口卖牛杂汤锅的情景。用一旧煤油铁皮大圆桶制成的柴火灶，上面煮着一大铁锅滚得笃笃直响的牛杂碎：牛肠、牛肚、牛心、牛肺、牛筋等，与花椒、海椒、白酒、白糖、豆瓣、山奈、八角等混同纠缠散发出的奇妙之香，勾引着赶场的人们的口水，也勾引着放学回家的我渴望的目光。现在回味起来那一锅灿烂飘香的牛杂汤锅，与"黄氏牛肉"那香那味太像了。

2007年夏天，黄珂携我、诗人张枣、美女万秀以及一锅他亲手烹制的牛肉，登上了凤凰卫视的《鲁豫有约》。升腾着的扑鼻牛肉之香，覆盖了整个演播大厅。鲁豫读着我为黄珂写的菜谱："将牛腩用盐、初恋、料酒码味，然后随姜、激情、泡椒、香料下油锅炒至金黄加汤。先用十八岁的猛火后转五十岁的欲火慢煨三小时。香辣中有爱的柔软、情的黏糯、恋的缠绵。"观众则像领取圣餐一样，排队上台领取黄珂的牛肉。

一道家宴牛肉菜，竟能如此勾人口水摄人魂魄，恐怕是前无解放前人，后无90后来者。其诀窍有六：一、要选用两层柔软之皮夹着瘦肉的那一块牛腩；二、整块牛腩焯水，加料酒、花椒、干辣椒、老姜煮透，沥干水分，然后切成刚好能入口的小块备用；三、用菜油炒糖、炒豆瓣以及加泡椒、泡姜、泡萝卜与牛腩同炒，然后加香料炒；四、加入用牛蹄及猪大骨熬的汤，从牛蹄里取其筋，放进牛肉汤锅里同煨；五、从选料到成菜上桌，自始至终用烹饪的最高境界做菜，即用爱做菜；六、餐桌上就餐的三五美女就像放进牛肉汤锅里的嫩绿香菜，在望京607这口大闷锅里更加增香惹味。

黄珂的十年老食客、诗人阿野，是最能品评牛肉汤锅这道菜的，也深谙以上烹饪牛肉的要诀，并常在家中翻制"阿野"版牛肉汤锅。喜欢算账的阿野也三下五除二地算过，这么多年来吃黄珂的牛肉汤锅恐怕也不下三百锅了，糖放多了或是花椒放少了这些小儿科就不说了，他竟然能吃出放入的十多味香料中少了味草果，这就神了。

　　2006年春，当我把这道牛肉汤锅移植进北京天下盐餐厅作为镇店之菜时，阿野旋即进入餐厅跟踪其味道，并在餐桌上作出如下三点重要批示：一、黄珂家放草果，天下盐餐厅就要放草果。二、豆瓣要炒香，吐红要艳丽。三、锅里要出"惹"味，就像美女惹你一样的味道。牛，真牛，《吕氏春秋》称太牢，《礼记》叫特牲、一元大武，《论衡》里称丑，《酉阳杂俎》称古疎，"天下盐"称黄氏牛肉。

牛舌

牛舌 / 牛身上最接近味道的动词 / 卤过之后 / 成为形容词 / 在咸与甜之间 / 呈舔的状态 / 那是舌尖上 / 味蕾盛开的一片草原 / 青青的瘦肉 / 一望无际的软弹 / 在细嫩的纹路里 / 充满了口感

牛舌最佳。去皮撕膜、切片入肉中同煨。亦有冬腌风干者，隔年食之，极似好火腿。

以牛舌为原料的菜式，不仅在古今中外的菜谱中不多见，而且在当今的馆子中也不多见。记得小时候，老家酉阳每到街上赶场时，摆在服务社馆子大门口柴火灶上的牛杂汤锅，就会突突地滚沸着麻辣，飘香整条街道。牛杂两角五分一碗，每碗里面除了有牛肠、牛肚、牛腩、牛肺、萝卜，有时还会吃到一两片软弹腴香的牛舌，那是我对牛舌最早的美妙记忆。

上世纪90年代中期，我从重庆迁居到成都，在玉林小区一茶园里开了一个馆子叫川东老家。旁边便有一家陈姓专做清真卤菜的铺子，只卖牛身上的部件，耳朵、肝、肠、脸、舌、蹄筋等，喷香油亮，应有尽有。每当黄昏到来，总会有些在茶园喝茶玩鸟的人，三三两两去铺子上切些牛肚及肠之类的下水，直接拿回家下酒，尽享带有浓郁卤香味的天伦之乐。

我也常隔三差五地跑去铺子切些卤菜，邀三五朋友在露天坝坝摆张桌子喝将起来。我最喜欢的便是老陈的牛肚、牛舌和牛蹄筋，这也是我长大成人之后，吃到的最巴适的牛舌了。特别是一片酥沙牛肝入口，一边细嚼，一边喝一小口白酒；紧接着一片脆弹牛舌入口，又一边慢嚼，一边喝一口小白酒，那才真是下酒的最高境界哪！

现在回味起来，牛舌之所以好吃，完全靠牛肚、牛蹄、牛肠等一大锅混卤而相互得味，单独卤煮牛舌就达不到那种味道了。这正与袁枚老先生的牛舌"入肉中同煨"如出一辙。

对牛舌的处理，我的得意之作是腊牛舌，是腊猪舌给我的灵感。去年冬天回老家，去市场闲逛偶得两根牛舌，拿回妹妹家，先用白酒、炒盐、炒花椒搓擦后腌七天七夜，然后挂在晾衣杆上让霜风吹三天三夜，之后用柏香树枝、花生壳、谷壳、老荫茶等又熏三天三夜，就可以洗净拿来煮熟切片下酒啦。当我把熟腊牛舌从中间对剖开来，那紫红香艳的味道，即刻证明了袁老先生的"极似好火腿"。

虽然牛舌这个东西难登大雅之堂，但在我收藏的1984年版的人民大会堂《国宴菜谱》中，我发现了一款绝妙的"盐水牛舌"，值得我们当今喜欢做菜的吃货们学习。做法是：

1. 牛舌1斤洗净后沥水，用排针扎一下（便于腌制入味），置于容器内。

2. 锅置灶上，将精盐放入炒透，散热后和花椒、硝拌在一起，撒在牛舌中搓擦均匀，再洒上白酒翻拌一下，遂用重物压紧，腌六至七天（隔两天翻动一次）；腌透后放置阴凉处保存。

3. 腌好的牛舌用凉水洗净，再放入沸水中焯透，捞出再次洗净。煮锅置火上，添入适量清水、葱段、姜片、绍酒、精盐，沸后，撇去浮沫，下牛舌，移至小火煮熟；捞出牛舌后，趁热撕去外皮，晾凉后改刀装盘。其特点是色泽紫红，清香美味。

这道菜的关键，是用了一系列的手工活：排针扎、用手搓擦盐和花椒、用重物压等。如今有许多急功近利的大厨，已经抛弃了许多传统的手工活计，这也是我们当下的菜肴为什么没有从前的菜肴美味的真正原因之一。

其实西餐中也能找到几款拿牛舌来做的菜式，比如咖喱牛舌、红烩牛舌、犹太焖牛舌等。已离世的最后一位民国美食元老王世襄先生，有一款私房炖牛舌，便是根据西餐的罐焖牛肉做法发明的。他将新鲜牛舌除去外膜，切厚片，入砂锅。先用猛火，后转文火，炖焖六小时。其间依次加入黄酒、精盐、酱油、姜片、葱头，以及切成滚刀块的胡萝卜。

我在北京家中曾做过一款早餐馒头片夹酱（卤）牛舌，用我从菜市买来的酱牛舌切片，夹进两片馒头之间，然后蘸上鸡蛋液，放入六成热的菜油锅炸至金黄捞起，与一大碗白米粥成为香酥柔润的绝配。

羽族单

鸡蛋

磕破环球这个蛋 / 搅打蛋液的江湖 / 在东方炒香细碎阳光 / 又在西方
用猪油蒸出月亮 / 接近牙祭 / 但又远离肥瘦 / 在荤和素之间 / 你炒
蛋 / 葱花成了小蜜 / 桂花飘进了炒饭

　　鸡蛋去壳，放碗中，将竹箸打一千回蒸之，绝嫩。凡蛋一煮而
老，一千煮而反嫩。加茶叶煮者，以两柱香为度。蛋一百，用盐一两；
五十，用盐五钱。加酱煨亦可。其他则或煎或炒俱可。斩碎黄雀蒸之，
亦佳。

小时候从母亲那里就知道了蒸鸡蛋羹的秘诀：要想既嫩又香，除了"将竹箸打一千回蒸之"以外，一是在蛋液中加适量温开水；二是加一小调羹醪糟汁；三是放猪油而不是其他素油；四是蒸熟后趁热加几滴香醋上桌。鸡蛋羹啊鸡蛋羹，你伴随着我们成长，养育了我们一代又一代饥饿的人。

　　那些年月吃一次鸡蛋也算是打了一回牙祭。蒸一碗鸡蛋上桌，先舀给老的小的，然后才轮到我和我哥这样的饿痨鬼，最后我俩常常用调羹把蒸蛋的碗刮得嘎嘎直响。那时往往是贵客登门时，母亲才从上了锁的橱柜里拿几个鸡蛋出来（怕我们偷吃）用香葱或者青椒炒上一盘，我和哥哥叨光夹上一两筷子，算是解了一次小馋。

　　那时用鸡蛋做菜，基本是"老三篇"，除了蒸鸡蛋羹，就是炒鸡蛋和番茄鸡蛋汤。那时在冬天就开始等待着春天树木的发芽，因为知道母亲会用椿芽来炒鸡蛋给我们吃。不过，为了哥哥、我及妹妹的胃口和营养，母亲常用胡萝卜汁蒸成红色的鸡蛋羹，有时也用菠菜汁蒸成绿色的鸡蛋羹。在那灰色的天空下，母亲从吃的角度给了我们一个多彩的童年。

　　其实鸡蛋的吃法成百上千，蒸的、煮的、炒的、煎的，完全可以出一本厚厚的鸡蛋菜谱大全。就拿煎荷包蛋来说，除了传统的素油煎制以外，还有用羊油、腊油及火腿油来煎制的。今年夏天，我去香格里拉拜访诗人默默，他给我做了一款让我眼前一亮的火腿葱花煎荷包蛋：将有肥有瘦的火腿切成薄片，香葱切成花，然后起一个猪油锅，鸡蛋磕入锅内，煎至起皮时，在鸡蛋上面像撒娇一样撒些葱花，并在鸡蛋葱花上面摆火腿一片，然后翻锅慢慢煎黄，同时淋入熟猪油，使火腿煎熟。当默哥用"公公"般的骨肉之情端给我时，那迷茫的焦香，那招惹白酒的金黄，差点让我激动得晕倒。

《随园食单·小菜单》还记了一款十分别致的鸡蛋菜 "混套"：将鸡蛋壳敲一小洞，蛋清、蛋黄倒出，弃黄用清，加浓鸡卤煨就者拌入，用箸打良久，使之融化，仍装入蛋壳中，上用纸封好，饭锅蒸熟。剥去外壳，仍浑然一鸡卵，此味极鲜。很显然，此菜从形式到内容都把传统的鸡蛋菜提高了一个档次。与之如出一辙的是，清人朱彝尊的食谱《食宪鸿秘》中有一款"肉幢蛋"：捡小鸡子（鸡蛋），煮半熟，打一眼，将黄倒出，以碎肉加料补之。蒸极老，和头（配菜）随同。后人也把这款菜叫做"夺胎蛋"，因为它是把鸡蛋中的蛋黄变换成了肉末。显然还可以举一反三，换成火腿末、蟹黄、虾滑、海参末、鱼茸或者混而有之等配料。

有一年我去江南采菜，到了常熟的一个小镇上，经朋友介绍去了一位卢姓师傅家做客。据说卢师傅是镇上做红白喜事筵席的民间大师，他知道我是来以菜会友的，所以拿出了从民国传下来的看家菜"水井蛋"，并邀我观看了做菜的整个过程。只见卢师傅把十多个鸡蛋打在小钵中，加黄酒、精盐、干贝丝搅匀；随即将搅打成液的蛋汁灌入一个洗净的猪小肚（猪尿泡）里，并用麻线紧扎其口；然后外加油纸紧密包好，使水不能透入，并系一长线浸于水井内。这时卢师傅带着一丝神秘的目光跟我说，要等到明天才会有口福了。

第二天早晨，卢师傅从井中提出猪小肚，去掉油纸，将其入热水锅中煮半小时，之后又剥去小肚皮。这时让我为之一震，奇迹发生了，其蛋黄集中于心而蛋白在外围，形如巨鸟之蛋。惊讶之余，卢师傅对我说，一夜井水浸泡让小肚内的蛋液发生了变化，进行了黄是黄白是白的归类组合。接着卢师傅把大蛋切片，配了一碟麻酱油和一碟番茄酱让我蘸食品尝，当我咬下第一口，在口腔中转动着细细咀嚼时，我的乖乖，我似乎触感到了民国那柔软沙酥的味道。

蒸鸭

鸭子 / 鹅的表弟 / 一只从远古飞来的鸟 / 被闲云迫降于田野之上 /
成为凫的东西 / 划过春江水暖 / 裸游向清蒸 / 在鸡汤中与火腿亲热 /
鸳鸯味道 / 在芡实中与虫草野合 / 密谋大补 / 其实你真实的意图 /
是那棵参天大树上 / 结满的卤香鸭子

生肥鸭去骨，内用糯米一酒杯，火腿丁、大头菜丁、香蕈、笋丁、
秋油、酒、小磨麻油、葱花，俱灌鸭肚内；外用鸡汤放盘中，隔水蒸
透。此真定魏太守家法也。

在《随园食单·羽族单》中，除蒸鸭外，袁老先生还记有野鸭、鸭糊涂、卤鸭、鸭脯、烧鸭、挂炉鸭、干蒸鸭、野鸭团、徐鸭等九款。而当今中国，用鸭子做的名菜也非常多，北京烤鸭，江苏三套鸭、盐水鸭，四川神仙鸭子、虫草鸭、樟茶鸭，湖南血鸭，重庆仔姜鸭，台湾东门当归鸭、陈皮鸭等。这同时也表现了不同地域对鸭子的不同烹调处理。

上世纪80年代，我与一帮诗人流浪到宁波定海。当地诗人朋友尽地主之谊办招待，我们因此吃到了一款叫做"望潮鸭"的绝妙之菜。当地一诗人吃货介绍说，望潮这东西产于定海、镇海的海边，每年到了夏秋之交，这东西随海潮而来，所以名为"望潮"。望潮体形似八爪鱼，也像一只大型蜘蛛，色呈浅紫，身柔无骨，头部生有触须六对，须上长满细微吸盘，出水后仍能活数小时。定海人除了用红烧或加盐咸菜清煮以外，还拿它和鸭子一起蒸，且方法独到绝伦。

只见吃货诗人用老鸭一只，宰杀后去除内脏，洗净晾干，然后外涂麻油，把一只一斤左右的活望潮塞入鸭腹，继而加入姜葱和啤酒，缝好切口。望潮一入鸭子体内，在姜葱酒的刺激下，便开始骚动挣扎，等到进入蒸锅，温度渐渐升高，更是拼命冲爬。结果它的触须和无数吸盘完全融入鸭身，把纤维组织翻松，使蒸汽和味道更易渗透。大约蒸了两小时左右就出笼了。吃货诗人一边热气腾腾地端上桌，一边叫我们趁热下筷。当我一筷子插进鸭皮，肥浓的香汁便从皮下层泛了出来，我夹起一大块鸭肉往酱油碗里一蘸，旋即塞入我平生张得最大的嘴巴，那一刻的鲜美和口感，已没有任何言辞能够抵达，以致我现在还常常两眼发呆地一边从嘴角流下口水，一边回忆宁波镇海那永远难忘的那一口。

恐怕让袁老先生始料未及的是，若干年后他这一款蒸鸭被一位叫做袁世凯的大总统从饲养手法到吃法都继承之并发扬光大了。袁世凯的蒸鸭，是由他本人亲自指导饲养的，采用的是填喂法，即以大补的鹿茸捣碎拌以高粱喂食。其实鸭子要选取雄鸭、老鸭，清人徐珂在《清稗类钞》里说："禽属之善生者，雄鸭是也。烂煮老雄鸭，功效比参芪。诸禽尚雌，唯鸭尚雄；诸禽尚幼，唯鸭尚老。雄鸭为福，滋味如一。"这也许就是我们常说的"老鸭汤最好"的解释。

袁世凯和慈禧一样，最好吃清蒸鸭子的鸭皮。用象牙筷子把鸭子一揎，三卷两卷，整个鸭皮就扒了下来，塞进嘴里大口咀嚼着，发出吧唧吧唧的声音。估计是老鸭汤既有滋味又有营养功效吧，从宋朝开始的历代统治者，直到清代乾隆、慈禧，民国袁世凯以及国民党大员孔祥熙、吴稚晖、于右任等，都特别喜欢吃鸭子。据说，慈禧每顿必须有三种以上的鸭馔，而袁世凯每天必吃一只清蒸肥鸭，孔祥熙、吴稚晖在家中特别喜欢烹制沙参炖老鸭汤，且吴稚晖每两天就吃一只鸭子。于右任最喜欢烹制的是药膳芡实炖老鸭，用以止渴益肾，利水健脾。做法是用五百克的芡实，一千五百克的老鸭一只，将芡实塞入老鸭的腹内，与葱、姜、黄酒一起入砂锅，清水文火炖三小时，起锅前三分钟下盐即可。据说于右任早年患消渴症（糖尿病），用食芡实炖老鸭数年，病症全消，而且终生面色红润（活到八十六岁）。我曾把此方告诉过患糖尿病的朋友一试。

在我的私房菜生涯中，我曾捣鼓过迷踪鸭、裙带丝酸萝卜虫草鸭、鸭丝炒魔芋丝等多款鸭馔。最近在我北京签签君子餐厅里的一道二毛红酒烧鸭，其灵感完全得益于《随园食单》的一款卤鸭：不用水用酒，煮鸭去骨，加作料食之。这让我突然发现，曾红遍大江南北的一道啤酒烧鸭（只加啤酒不加水），其祖宗应该是我们的袁老师。

水族有鳞单

醋搂鱼

我看见醋之双臂 / 将一条清朝的鱼 / 搂进了味道的怀里 / 火候上的食欲 / 把爱的两面灼煎成金黄 / 西湖边 / 一个厨子正往锅里加入醋、料酒、往事和初恋 / 当温柔之汤荡漾 / 一个诗人正吃鱼不吐刺吃绝句不吐词

　　用活青鱼，切大块，油灼之，加酱、醋、酒喷之。汤多为妙。俟熟即速起锅。此物杭州西湖上五柳居最有名。而今则酱臭而鱼败矣。甚矣！宋嫂鱼羹，徒存虚名。《梦粱录》不足信也。鱼不可大，大则味不入；不可小，小则刺多。

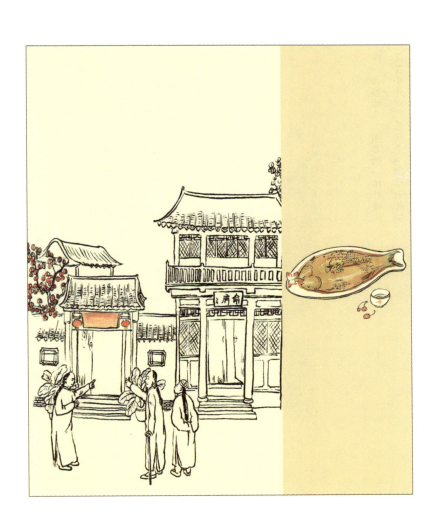

以「西湖醋鱼」闻名的「楼外楼」1848年开业，原设于「俞楼」前侧。

袁老先生的"醋搂鱼"，其实就是当今杭帮名菜之首"西湖醋鱼（醋熘鱼）"的祖宗鱼，而西湖上擅长做"醋搂鱼"的"五柳居"，则是当今杭州著名菜馆"楼外楼"的祖师爷楼了。

以"西湖醋鱼"闻名天下的"楼外楼"，于1848年（清道光二十八年）开业，原设于学者俞樾（文学家俞平伯的曾祖父）别墅"俞楼"前侧。有一说法：店主请俞先生命名，俞说，既然你的菜馆在我"俞楼"外侧，就称"楼外楼"吧。因为这层关系，俞先生后来常去楼外楼叫菜，并留有日记："初八日，吴清卿河师、彭岱霖观察同来，留之小饮，买楼外楼醋熘鱼佐酒。"

另一说法是：店名取自南宋林升"山外青山楼外楼"之名句。正由于林升的诗中竟还藏有"西湖醋鱼"、"宋嫂鱼羹"、"蜜汁火方"、"龙井虾仁"等美味佳肴，也惹得鲁迅1928年夏天到杭州游览时，曾两登楼外楼，品尝了西湖醋鱼，并赞其美味名不虚传。周恩来也曾9次登上楼外楼，在品尝"西湖醋鱼"、"炒鳝丝"等名菜的同时，还建议"西湖醋鱼"要注意酱油、醋、糖这三者的比例搭配，勾芡浓淡要适宜；"炒鳝丝"的鳝鱼要去皮，这样才能除去滑性，还可加些火腿丝、香菇丝、姜丝和葱丝。

当今的"西湖醋鱼"用的是草鱼，也称鲩鱼或鲵鱼，虽肉质细嫩，但泥腥味太重。上世纪30年代，"楼外楼"的阿辉师傅首次把草鱼放在水中饿养，从而使醋鱼摆脱泥腥气味。而袁老先生的"醋搂鱼"用的是泥腥味较轻的青鱼。青鱼是中国传统淡水养殖鱼类，与鲢、鳙、草鱼并称为"四大家鱼"。左思《吴都赋》称"鲭"，《说文》段玉载注称"鰫"。江苏吴县一带有一"青鱼之乡"，传说春秋时范蠡辅佐越王勾践灭吴后，曾携西施隐居该地，教民养鱼，著《养鱼经》，遗下青鱼名种"粉青"，年产数十万斤。

青鱼肉白嫩味鲜，皮厚胶多。袁老先生除以青鱼做"醋搂鱼"外，还用其制作鱼松、鱼圆、鱼片和鱼脯。清人童岳荐编撰的《调鼎集》收青鱼菜品达二十余款。青鱼是鱼类中最称得上"庖丁解鱼"而分档运用得最多的，从头到尾，从里到外，均可入馔而成名菜。比如始于清末的上海名菜"下巴划水"，就是用青鱼头部的两块下巴和鱼尾烧制而成，因形似两爿整块的下巴趴在鱼尾旁，似活鱼浮在水面划水一样，所以取名为"下巴划水"。还有用中段烹制的"红烧中段"，用鱼腹烹制的"红烧肚档"，以及用青鱼眼窝烹制的"烧白梅"，用青鱼肠烹制的"汤卷"，用青鱼肝烹制的"秃肺"等等。中医理论认为，青鱼味甘性平，可益气、养胃、化湿、补血、养肝、名目等。

袁老先生的"醋搂鱼"是先将青鱼过油煎炸，然后加酱、醋、酒进行烹制。"西湖醋鱼"则是，锅内放清水，用大火烧沸，将治净剖成两爿（皮相连）的鲜草鱼放入，至鱼的划水鳍竖起、鱼眼珠突出，即用漏勺捞出，沥干汤水，鱼皮朝上平摊在盆里。另用净锅放汆鱼的原汤，加酱油、白糖、酒、姜末，烧沸后，加醋，下湿淀粉勾芡，搅成浓汁，淋上麻油，浇在鱼上。很明显，其烹饪手法及调味料、作料都比"醋搂鱼"先进了许多，时至今日也没加入过味精，这也是"西湖醋鱼"为什么会成为杭州第一名菜的原因之一。

从烹饪技法上来讲，袁老先生的"醋搂鱼"近乎于现代的"焦熘"，即先炸后浇汁，结果是外焦香酥脆，内鲜嫩可口；"西湖醋鱼"则是先煮后浇汁，属于"软熘"，结果是清淡香醇、香腴滑嫩。"熘"法是制鱼当中一种技术含量较高的手法。

关于楼外楼及"西湖醋鱼"，文学家俞平伯有《双调望江南》诗，让我们一起流着口水回味："西湖忆，三忆酒边鸥。楼上酒招堤上柳。柳丝风约水明楼，风紧柳花稠。鱼羹美，佳话昔年留。泼醋烹鲜全带冰，乳莼新翠不需油。芳指动纤柔。"

鲫鱼

鲫鱼在抵达口感之处 / 鳞片闪亮 / 性感细嫩 / 如同一个个柔润的词 / 畅游在曲的河流里 / 一首煎成两面黄的歌 / 稍稍用糖以起鲜 / 那是谁在清唱 / 像蒸过的 / 一条鲫鱼 / 在清朝 / 游进了鲜

　　鲫鱼先要善买。择其扁身而带白色者，其肉嫩而松；熟后一提，肉即卸骨而下。黑脊浑身者，崛强槎枒，鱼中之喇子也，断不可食。照边鱼蒸法最佳，其次煎吃亦妙。拆肉下可以作羹。通州人能煨之，骨尾俱酥，号"酥鱼"，利小儿食。然总不如蒸食之得真味也。六合龙池出者，愈大愈嫩，亦奇。蒸时用酒不用水，小小用糖，以起其鲜。以鱼之小大酌量秋油、酒之多寡。

小时候无论是自己在河边用撮箕撮到鲫鱼，还是看到哥哥们钓起来一尾鲫鱼，顿时会产生一种莫名的兴奋，特别是看到鲫鱼刚出水时那不断左右摆尾扭曲着的金黄扁平身段，更是阵阵的快活迭起。那时并非觉得鲫鱼的味道有多美，而是对鲫鱼丰满金黄的形体产生崇拜感。

长大以后我曾仔细想过，为什么那时候会对鲫鱼产生那种莫名的兴奋？我总结有二：一是在那缺肉少油包括人在内的各种动物都骨瘦如柴的年代，长得如此披金挂银心宽体胖的鲫鱼，无疑会成为少年向往追逐的对象；二是鲫鱼所呈现的金黄闪亮的铜色，是一种那个年代能让我们眼睛一闪亮的值钱颜色。那时走路（包括上学的路上），我们大多是低着头，眼睛望着路面，看马路上有没有钱或者铜之类的可捡（那时许多伙伴都随身带着一块检验铜或铁的磁铁）。若捡到了值钱的铜，立马就拿去卖给废品回收店，然后邀几个好伙伴下一次馆子。

如今在菜市看见的鲫鱼，我觉得越来越不像鲫鱼了，色泽几乎都是黑的，越来越像鲳鱼的私生子。据说现在市面上的许多鲫鱼，都是从非洲莫桑比克来的远房亲戚，这类鲫鱼已不能使人产生兴奋，更不能让人产生食欲了。所以我现在常常怀念小名叫做鲫壳子或鲫壳斑，混迹在上世纪六七十年代小河、池塘里的鲫鱼。

由于鲫鱼在水中常常成双成对地比附而游，早在周代已被选做婚礼的吉祥食品。而在民间，因为鲫鱼与"吉"谐音，常以之为吉祥之兆，以讨口彩，至今一些地方仍称鲫鱼为喜头。在中国著名的鲫鱼有个大、肉厚、体鲜的江西彭泽的彭泽鲫；有头小体大、背厚腹小、愈大愈嫩的江苏六合的龙池鲫，即袁老先生提到的"六合龙池出者，愈大愈嫩，亦奇"；有体色鲜艳，有红、白、黑、金黄、黑紫或五色俱备的宁夏西吉的西吉彩鲫；有双背鲫之称的河南淇县的淇水鲫鱼。据说当年河南籍的袁世凯只吃淇县夏季产的淇水鲫鱼（夏季肉最鲜美），而且都是由当时的县长亲自去淇水打捞并亲自押运到北京的双背鲫。所谓双背鲫就是此鲫鱼脊背宽厚，最重可达二千五百克左右。

鲫鱼有许许多多吃法，不过要数"萝卜丝煮鲫鱼"最受欢迎，它恐怕是大江南北的馆子和家庭都喜欢做的菜。这道菜的出彩之处，首先在于用冬天的萝卜和冬天的鲫鱼，口感最佳；二是要用猪油煎鲫鱼成两面黄；三是起锅前两分钟加入一把蒜苗花。当然在里面加上几滴醋去腥增香就是做鱼的常识了。

据传慈禧太后吃鲫鱼的方法是：把用调味料烧制好的鲫鱼，去皮、骨，只留净肉，再加豆腐及调味料烹制成羹。可以想象，此菜应是色泽洁白，鱼肉豆腐细嫩，滋味鲜美绝伦。其实这就是袁老先生教导的"拆肉下可以作羹"之做法。

我在写这篇有关鲫鱼的文章时，偶然发现了一道叫做"烩鲫鱼舌头"的淮扬传统名菜（取鲫鱼舌头与鸡、猪肉熬出的汤及火腿等烩制而成），使我耳目一新：鲫鱼有舌头？！于是我立马翻开清人童岳荐的《调鼎集》第四卷，查"江鲜部·鲫鱼"："性属土，喜偎泥内，不食杂物，能补胃，味鲜（活者佳），浊水中者肥、脆，冬日肉丰而多子。"接着我欣喜地找到了一款"鲫鱼唇舌"："取唇、舌配冬笋、火腿、木耳、酱油、酒作汤。"但为了真正弄清鲫鱼长没长舌头这一事实，我亲自去菜市，撬开鲫鱼的嘴巴一看，还真有一条上翘着的像鸟舌一样洁白的舌头，以前一直都没注意。我当时就想，该弄些鲫鱼舌头来烩上一锅开开洋荤了。

季鱼

游动中的 / 一个词 / 鳜鱼书写的味道 / 那是烹饪的浪漫 / 咸从鲜中醒
来 / 轻柔的 / 细郁在酱油之中 / 舔嫩 / 赤裸的舌头伸进蛋清 / 搅动腴
润的吃口 / 这时芡粉在一片宁静中 / 滑亮耀眼

　　季鱼少骨，炒片最佳。炒者以片薄为贵。用秋油细郁后，用纤粉、
蛋清搂之，入油锅炒，加作料炒之。油用素油。

小时候，家乡有一个叫胡哑巴的壮年男人，特别能游泳和捉鱼。每当穿城而过的酉水河涨水至齐岸，就会从河边传来胡哑巴又捉到一条大鲤鱼的消息。这时我和伙伴们会疯狂地朝河边跑去，以先睹鲜活大鲤鱼之尊容为极大的快乐（那时没有歌星）。

有一次涨水涨过了河岸，同样一大早便传来了胡哑巴又捉到一条鱼的消息。不过这次捉到的是一条看起来凶神恶煞叫做"母猪壳"的鱼。听大人们说，这种鱼很不容易捉到，因为它专吃小鱼。大人叮嘱我们不要去摸它，会咬人的。直到长大以后读到唐人张志和的"西塞山前白鹭飞，桃花流水鳜鱼肥"，才知道小时在家乡见到的"母猪壳"，就是今天我们说的鳜鱼。一句"桃花流水"由此改变了我对"凶神恶煞"的"母猪壳"的看法。

也许是因为在深秋桂树开花时味道最美，鳜鱼也称"桂鱼"。由于它"其头似羊，丰肉少骨"，在北魏郦道元的《水经注》里被叫做"水底羊"。《梦粱录》里称它鯚鱼，《养鱼经》称它桂鱼，《日华子本草》称它鳜豚、水豚，它江湖上的浑名有母猪壳、花鱼、胖鳜、淡水老鼠斑等。我发现浑名越多越怪异的鱼越好吃，这也许和自由里面的野生以及野生里面的自由有关。

当然也由于袁老先生所说的"季鱼少骨"，使鳜鱼更加充满口感。

因为鱼里有刺，特别是小刺，吃的时候只能小心翼翼地一边咀嚼一边不断取出小刺，而且还会担心，若鱼刺卡在口中是否该用醋来化解？！所以我总觉得鱼之味其实离大快朵颐很远，这也是我不太喜欢吃鱼和蟹的真正原因。我吃鱼一般都喜欢朝着鱼刺少的鱼头、划水、鱼肚皮等部位下筷。不过少刺少骨的鳜鱼就不同了，闭起眼睛吃，也不会担心鱼刺卡你的喉咙。所以鳜鱼常被当成肚皮里有货的嘉宾邀请上桌，出场费从上世纪90年代的几元钱一斤，到如今的上千元一斤（野生的）。而且，和其他鱼类不同的是，此鱼即便腐臭了也能卖出更高的价钱。

这便是当今在中国吃坛最为流行的安徽臭鳜鱼，也称腌鲜鳜鱼。不过迄今为止我吃到过最好吃的臭鳜鱼（改进版），不是在安徽屯溪，而是在成都宽窄巷子诗人李亚伟开的香积厨餐厅。有一次李亚伟招待我和诗人默默、胡小波、吉木狼格、王敏等人吃臭鳜鱼，正当吃得几爷子嗯嗯叫食并交口称赞时，李亚伟请他的厨师长张华伟来给我们这几个吃货介绍了臭鳜鱼的做法，让我们既饱了口福又学了手艺。

后来我问李亚伟，是如何想到了去引进安徽臭鳜鱼的？李亚伟说，有一年和诗人周墙、默默等去黄山神游，一天傍晚在兴安江边吃大排档，一道臭鳜鱼上桌后，在转盘上转至默默处时，默默死死按住转盘专吃臭鳜鱼，估计长达十分钟之久。还没尝到一口臭鳜鱼的李亚伟眼见默默的这一超常举动，由此判定此菜可立马引入成都香积厨。

恰巧当时周墙在安徽兴安山庄的厨师长叶新伟是做臭鳜鱼的

高手（徽菜大师赵之俊和高耀水的高徒）。于是李亚伟当场决定派出厨师长，到黄山叶新伟师傅处学习，并且达成了两边厨师之间每年相互交流一次的约定。值得一提的是，去年叶师傅成了举国上下都知道的《舌尖上的中国》里做臭鳜鱼的著名人物。

其实鳜鱼还有许多精彩的菜式，如湖南的柴把鳜鱼；湖北的白汁鳜鱼；淮阳的枣泥鳜鱼、龙须鳜鱼；四川的干烧鳜鱼、脆皮鳜鱼；上海的八宝鳜鱼；广东的其昌大鳜鱼和麒麟大鳜鱼；福建的清炖鳜鱼，等等。不仅如此，早在清朝的《调鼎集》就收有鲦鱼十五款，其中包括了当今江苏名菜"松鼠鳜鱼"。

水族无鳞单

带骨甲鱼

瘪脚的团鱼 / 头顶王八的绿帽子 / 拖着被煎成两面黄的身子骨 / 在水酒中一路打酱油而来 / 它是要去武火中永生了 / 但当它走过帽檐上插满姜 / 葱 / 蒜 / 身穿超短裙边的姬 / 它便在文火中成了霸王

　　要一个半斤重者，斩四块，加脂油二两，起油锅煎两面黄，加水、秋油、酒煨。先武火，后文火，至八分熟，加蒜起锅，用葱、姜、糖。甲鱼宜小不宜大，俗号"童子脚鱼"才嫩。

"霸王别姬"是江苏名菜,它借用霸王与虞姬的历史典故,以甲鱼和仔鸡为原料蒸制而成,味厚鲜浓。既有英雄又有美女的菜肴,给甲鱼罩上了一层滋阴壮阳的光环。甲鱼,字老鳖,号守神。小名团鱼、水鱼。浑名王八,系缩头乌龟的远房亲戚。虽然长相丑陋,但肉质鲜美、营养丰富,并且兼有鸡肉、鹿肉、牛肉、羊肉和猪肉的滋味,这是其他帅哥动物所没有的。

　　袁老先生烹调的"带骨甲鱼",放在今天也是非常精彩的。首先甲鱼要半斤左右,也就是"童子脚鱼",主要是取少年甲鱼的细嫩。这使我想起安徽一道用甲鱼和火腿制的"清炖马蹄鳖",所用甲鱼大如马蹄,也就是袁老先生所说的半斤重(古秤八两)。徽州山区曾流传过一首民歌:"水清见沙地,腹白无淤泥,肉厚背隆起,大小似马蹄。"其次用猪油煎,然后加水、酱油和葱、姜、蒜及料酒一起煨制。我对比考证过各大菜系在上世纪80年代以前与当今用猪油烹调菜肴的状况,其结果是该用猪油烹制的许多菜肴几乎全被色拉油代替,这些菜肴也就永远缺少了一种滋香。其实猪油并没有人们想象的那样可怕,我以为是被一些所谓营养专家妖魔化了,我赞同现代医学的一种观点,即在烹饪中用两份植物油和一份猪油(动物油)的合理用油结构。

　　甲鱼的许多吃法远古时候就有了,《诗经》中有"包鳖"之法(用泥巴裹住放在火上烧烤);《礼记》有"濡鳖"(原汁原味烧甲鱼);《楚辞》有"胹鳖"(清炖甲鱼);北魏《齐民要术》载有制"鳖臐"之法（甲鱼羹）；《清异录》记有唐代宫廷名菜"遍地锦装鳖"（甲鱼外裹以羊网油，配以鸭蛋脂，上笼蒸熟）。而甲鱼裙边的糯胹之美在五代的时候就让人口水长流了，南唐和尚谦光因鳖裙味美而难得，曾有"鹅生四只脚，鳖着两重裙"的强烈愿望。据我的观察，在有整只甲鱼菜肴的餐桌上，第一筷子伸过去首先撩起的往往是那糯滋滋的"超短裙边"，接着七八双筷子迅速跟进消灭裙边，最后把整只甲鱼撕扯得只剩下一副背甲心。大家就为了一个"补"字啊！

甲鱼有许多吃法，除《随园食单》的生炒、酱炒、青盐、汤煨、全壳甲鱼外，各大菜系均有以甲鱼为主料的代表菜。比较别致的吃法有：用米粉、猪油等与甲鱼拌好后同蒸的"粉蒸甲鱼"（湖北）；用甲鱼裙边和腿爪同猪五花肉煨制的"红煨甲鱼裙爪"（湖南）；用肥瘦猪肉、火腿等配料填入甲鱼腹中先炸后蒸的"酿甲鱼"（安徽），等等。甲鱼基本以鸡、鸡爪、狗肉、人参、火腿、海参、虫草等作为原配搭子，偶尔也把香菇、黄花等弄成二姨太或三姨太。吃甲鱼一般母的优于公的（公东西宜泡酒，母东西宜煨汤），而当你看见树叶在深秋中飘落，那就是邀三五朋友吃甲鱼的时候到了。因而民间有"初秋螃蟹深秋鳖，吃好鳖肉过寒冬"的说法。

我在北京天下盐餐厅设计创制过一道名叫"百年孤独"的甲鱼菜肴，以千年甲鱼万年龟的意象来表达马尔克斯的《百年孤独》。将《百年孤独》原书放大做成大书式的餐具，里面是用芋儿、土豆（鹅卵石形状）烧制的整只甲鱼，打开书，一只伏在鹅卵石上的甲鱼，在迷雾（热气）中等待着布恩第亚上校来吃它的那个下午的来临。有顾客问我这道菜为什么会如此受关注，我说因为在所有的食物中孤独是最营养的。

　　人们也许知道甲鱼可降血压、清除疲劳、抗癌，但很少有人知道甲鱼还能预测洪水。甲鱼产卵在河边而不是水中，甲鱼卵产下之后，约二十天孵化成幼甲鱼。若洪水水位低或洪水来得迟，卵却产在离河流很远处，刚孵出来的甲鱼爬向河水时，会在中途干死而无法进入水中；相反，如洪水过大，或卵还没有孵化洪水就来了，产卵处如离河岸很近，卵势必被洪水冲走不能孵出幼甲鱼。所以甲鱼产卵的时间、地点与洪水到来的日期、位置，必须配合得上好，幼甲鱼才能平安地进入河中而进行世世代代的繁衍。也许正是这一保卫人类家园的举动，人们也叫它"守神"。

鳝丝羹

鳝鱼肥美 / 在端午和小暑之间 / 等候口感 / 味道男女 / 生爆柔滑而弹挺 / 红烧醇润而丰腴 / 遇情呈鲜 / 见爱滋补 / 在缠绵中细软而嫩 / 在欲火上清脆而酥

鳝鱼煮半熟，划丝去骨，加酒、秋油煨之，微用纤粉，用真金菜、冬瓜、长葱为羹。南京厨者，辄制鳝为炭，殊不可解。

记得小时候，每到涨完端午水之后，哥哥牟平凡就会屁股上挂一小竹篓，手拿一把自制竹夹子，带上我去城郊稻田里捅黄鳝。所谓捅，就是找准离黄鳝藏身处不远的两个孔，竖起中指朝其中一个泥孔捅进去，并不断来回地捅进捅出（有时会把一只脚伸进孔洞里猛捅），直到鳝鱼乖乖地窜出；然后中指在前，食指无名指在后凌空呈虎爪状，以迅雷不及掩耳之势将黄鳝抓起放入竹篓之中。有时黄鳝太大太滑，就得动用竹夹子夹。

　　那时稍稍讲究吃的家庭，基本上都会有一套剖杀鳝鱼的工具：一块大约两尺长的木板（让鳝鱼躺在上面），一颗钉子（把鳝鱼的头颈部钉在木板上），九分钱一把的小快刀（剖杀鳝鱼用，老吃货一般会有一把磨得锃亮的电工刀）。活杀鳝鱼要带血水下锅才鲜，那时一般是配青椒和黄瓜片来炒，或者做成一碗鳝鱼面。现在回想起，除了流口水，还会油然升起一种淡淡的忧伤，因为很难吃到那种纯净自然的味道了。

　　黄鳝这个东西有许多种叫法，也有许多种吃法。其诨名有长鱼、鳝鱼、淮鱼、土龙、田鳗、护子鱼等，吃法则可炒、可烧、可煸、可煨、可蒸、可炖、可炸。其口感因烹法不同而各异，生炒柔而挺，红烧润而腴，熟焖软而嫩，油炸脆而酥，其他鱼类很难做到。袁老先生这款用鳝鱼与冬瓜等做成的鳝丝羹，在鳝鱼菜谱里是不多见的。倒是他老人家说南京厨师往往把鳝丝烧得像木炭有些偏颇，因为他应该知道，南京有一道距今已有三百多年历史、比他的"鳝丝羹"更早的传统风味名肴"炖生敲"：将鳝鱼活杀去骨后，用木棒敲击鳝肉，使肉质松散而得"生敲"之名。

其实南方各地几乎都有鳝鱼的名菜，如无锡的"梁溪脆鳝"；扬州的"大烧马鞍桥"；苏州的"响油鳝糊"；四川的"干煸鳝丝"；湖南的"子龙脱袍"等。这里值得一提的是，在当今餐馆中已不多见的传统淮扬名菜"大烧马鞍桥"的做法：鳝鱼宰杀，剖腹去内脏，用刀剁成一寸长的段子，用精盐一分，香油少许，擦去鳝鱼身上的黏涎，用清水洗净。猪腿肉切成厚片待用。然后炒锅上火，放入猪油烧至六成热，将鳝鱼段子入油锅略炸一会儿捞出。锅里留少许余油，倒入猪肉片煸炒几下，加入酱油二两略烧一会儿，放入鳝鱼段，加黄酒六钱、大蒜、葱、姜，再加适量的清水，大火烧开后转小火焖烂，烧至汤汁稠浓、鱼身发亮即成。这道菜的美丽在于，猪肉的腴润与鳝鱼的鲜滑相互赋味，成就佐酒下饭的一菜双味。这也是淮扬菜的主要技法之一。

除用猪油给鳝鱼赋味以外，还有用火腿、鸡丝、鸡汤、腐乳、泡椒、泡姜等给鳝鱼赋味的。我去年初夏去西双版纳，当地朋友高小诗、周军、方进、曹珊等，引我去了一家名为王府餐厅的老字号餐馆吃饭。朋友们特别请餐厅老板王海云亲自下厨做了一道招牌菜"酸辣野生鳝鱼"。

征得海云师傅的同意，我和他一同进入厨房。他一边操作一边给我介绍说，鳝鱼买来后，要清水养至少三至六天，直到吐尽体内污物。只见海云师傅将版纳的特色棕榈油放入锅中，待六成热时，加干辣椒、番茄、自制酸辣椒、姜蒜、小米椒、荆芥、大芫荽、陈醋、蒜苗入锅里炒制，再加入高汤。随后将整条整条的鳝鱼放入锅中，盖好锅盖，煮至十分钟左右就起锅装盘了。这是我平生第一次将整条鳝鱼入口，酸辣鲜香在口腔里一寸又一寸地腴滑脱骨，柔韧缠绵，连吃了三条。

我们边吃边听海云师傅说，鳝鱼不仅味道鲜美，而且养生功效极强。他说他看到过一则报道，鳝鱼心脏中含有一种很强的降血压激素（这也是吃整条的原因之一），利于降高血压。鳝鱼还有补虚损、除风湿、强筋壮骨、活血壮阳等功效。当时我脑子里就一闪念：看来我们60后这拨人，应该赶紧多吃些鳝鱼、泥鳅之类的东西了，少吃点肥肉嘎嘎哈！

蟹

微醉的对面是蟹 / 菊一样的清蒸 / 使肉嫩到了唇边 / 丰腴 / 秋天私处的甘美 / 触感到了香润 / 那是一生的口福 / 蟹黄的阳光 / 照亮了食欲

　　蟹宜独食，不宜搭配他物。最好以淡盐汤煮熟，自剥自食为妙。蒸者味虽全，而失之太淡。

蟹宜独食，不宜搭配他物。

最好以淡盐汤煮熟，自剥自食为妙。

在盛夏时节读《随园食单》中的蟹，我想我的潜意识里并非对秋天诗意的无限怀念，而是对香香蟹肉本身的偷偷向往。

蟹这个东西，不但我等小辈喜欢，从古至今就曾引无数文人墨客相继折腰又折头。从唐代到清代，关于蟹的专著有《蟹志》《蟹谱》《蟹略》《蟹录》等，宋代《容斋四笔》中则载有"临海蟹图"专篇。那时的蟹与菊、蟹与酒、蟹与人生，为诗人们大力推崇，吟咏诗文接连不断。魏晋时期的酒鬼晋毕卓曾说："右手持酒杯，左手持蟹螯，拍浮酒船中，便足了一生矣。"而《后山诗话》中有"不识庐山辜负目，不食螃蟹辜负腹"之说。

首先将"味道"一词用于饮食的，是国学大师级别的吃货章太炎。他夫人汤国黎也是个吃货，为了吃蟹可以去专门产蟹之地居住，有她的诗为证："不是阳澄湖蟹好，此生何必住苏州。"张大千的老师李瑞清生平嗜蟹，据说每个秋天几乎天天吃蟹，自号"李百蟹"。吃蟹是有许多讲究的，民国时期名医施今墨曾将蟹分为六等：一等湖蟹，二等江蟹，三等河蟹，四等溪蟹，五等沟蟹，六等海蟹。元人多食煮蟹，明清时期讲究吃蒸蟹，清末以来有人主张吃焯蟹（基本还是生的），认为较煮、蒸风味更美。

虽然袁老师说蟹最好以淡盐汤煮熟，自剥自食为妙，但我认为食腌蟹才是吃螃蟹的最高味道，否则民间就没有"生吃螃蟹活吃虾"的说法了。据《本草纲目》："凡蟹生烹，盐藏糟收，酒浸酱汁浸，皆为佳品。"另据宋代浦江吴氏《中馈录》记载的生蟹篇：生蟹剁块，麻油放冷，再把葱姜切末，花椒、胡椒、茴香、豆蔻、砂仁研成细末，加上盐醋入蟹肉拌匀即可食用。

在《金瓶梅》中，能用一根柴火儿把猪头烧得皮开肉化、香喷喷五味俱全的宋惠莲，同样也是腌螃蟹的高手。第二十三回，她与西门庆野合一夜之后，平安对她说道："我听见五娘叫你腌蟹，说你会劈的好腿儿。"所谓"劈的好腿儿"，是指腌渍螃蟹时，螃蟹遇盐会伸展开腿，以此隐指昨夜的野合。今日"劈腿"说盛行，殊不知还是来源于明朝兰陵笑笑生笔下的腌螃蟹呢。

其实《金瓶梅》中还有一款非常精彩的蟹菜，那就是第六十一回中西门庆与应伯爵、吴大舅、常时节等哥们儿整的一顿"酿螃蟹"："西门庆令左右打开盒儿观看，四十个大螃蟹，都是剔剥净了的，里边酿着肉，外用椒料、姜蒜米儿，团粉裹就，香油炸，酱油酿造过，香喷喷酥脆好食。"此乃做蟹菜的古法高档品种，需运用剥、剔、瓤、裹、炸、造型等法，非世俗江湖之类，值得当今厨人学习。

在我吃蟹、做蟹的生涯中，让我真正感动的，是一款几近失传的民国蟹肴——猪油蒸蟹。此款蟹菜我曾跟一些吃货讲起，北京孔乙己后海店的老板陈庆师傅就按我说的方法试着做过。这里我把我收藏的民国时期由世界书局印行的菜谱《美味烹调秘诀·

食谱大全》中的"猪油蒸蟹"分享给大家：

猪油蒸蟹这样东西，是拿猪油熬成荤油凝冻后，嵌入蟹的壳内，然后和食盐、姜、酒干蒸成的。它的味道比平常蒸蟹更觉出色。因为猪油经熟溶解，蟹的全体没有一处流不到的。那么供食起来，自然加二加三的肥美了。这种食法，发明于常熟的老食蟹者。然普通人类未享此福，现在将他的蒸法写在下面：

1．肥蟹三只（洗净后拿稻草扎好候用）。

2．猪油六两（先在锅内熬油后待它凝冻便可候用）。

3．陈酒四两（这是解除腥气用的）。

4．姜六七片（这是解除寒气用的）。

5．食盐一两（这是卤头）。

6．酸醋、酱油、姜末各一盒（这是食蟹时蘸拌用的）。

7．拿锅炉先行烧热起来。

8．拿陈酒见蟹内的水沫将行喷干的时候，便浇在嘴部，叫他吸纳，急行第三手续。

9．拿蟹后部的壳，用力拨开，便拿荤油纳入，使其合闭，急行第四手续。

10．拿蟹装入碗内，下些姜、酒、食盐急行入锅蒸炖一小时便熟，破壳而食倍觉肥美。

鲜蛏

刀把蛏子 / 一把深插进海里的刀子 / 我看见味道的刃 / 在柔软与弹韧
之间 / 锋利得清淡 / 在旺火与沸油之间 / 明晃得脆嫩 / 而在清鲜与肥
厚之间 / 有一道舌吻划过

　　烹蛏法与蝉螯同。单炒亦可。何春巢家蛏汤豆腐之妙，竟成绝品。

在《随园食单》中，还有一款让人耳目一新的"程泽弓蛏干"：程泽弓商人家制蛏干，用冷水泡一日，滚水煮两日，撤汤五次。一寸之蛏干，发开有二寸，如鲜蛏一般，才入鸡汤煨之。说实在的，这款鸡汤煨蛏干，我这个川人不仅从未吃到过，而且连蛏干是个什么样子也从未见过。在我想象中，应该就是把鲜蛏肉煮熟了晒干吧。

不过我能想象到的是，这款鸡汤煨蛏干肯定好吃，在浓郁的鸡汤中，发开了的蛏干应该柔韧而弹脆。与墨鱼干、干鱿鱼一样，蛏干也应该是为了保存才把鲜货制成干的。我翻过沿海地区古今几十种菜谱，却见不到几款用蛏干来做的菜。但据说，清代宴客已有"蛏干席"了。

人们见得最多的蛏子菜式，恐怕要数"韭青炒蛏子"了，在山东沿海，可以说几乎每家每户都会做这道菜。前不久，随搜狐加多宝搜鲜吃货团去青岛崂山一家叫做麦窑盼盼的海边农家乐，亲眼看见师傅做这道"韭青炒蛏子"的全过程：将鲜蛏子用清水洗净，在沸水内烫至开口，剥去外壳洗净。韭青择洗净，切成一寸长的段。炒锅内放入猪油，在旺火上烧至九成热时，放入蛏子肉。用手勺快速搅匀煸炒，随即放入清汤、盐、韭青、料酒、味精，把锅颠翻两下，淋上芝麻油即成。我也算是把这道菜学到了手。

然而让我们吃货团震撼的，要数在烟台吃到的野生"刀把蛏子"，比平常见到的蛏子要大好几倍。所谓"刀把"，就是蛏子的外形极像老菜刀的刀把，据说只有烟台才产此物。主要是那让你永生难忘的口感，吃到嘴里既像嚼鸭舌，又像在嚼西施舌，当然用少女的舌吻来形容最为贴切。于是，我把"刀把蛏子"称为"一把柔情的软刀子"。

当地的搜狐自媒体吃货联盟领袖级人物周毅对我说，烹调"刀把蛏子"的关键是只用清水煮，起锅时加点细香菜末、几滴香油就成了，简单而幸福。周毅说：蛏子一般穴居于河口或少量淡水注入的内湾，海潮间卷带的软泥或泥沙滩内。每个蛏子有一个固定的垂直洞穴，深度随蛏体的大小、体质强弱及底质和季节的不同而异。采捕蛏子有两种方法，一是用潜水用高压喷水枪喷射开沙泥去捉捕；二是由潜水员潜入海底找泥沙上的洞穴，沿洞穴用手伸进去捕捉。当时我就想，要"舌吻"那一口，还真是不容易啊！

关于鲜蛏的烹调，其实袁老先生已给了我们两种几近失传的吃法：一是"烹蛏法与车螯同"。而《随园食单》所记的车螯烹法是：先将五花肉切片，用作料（秋油等）焖烂。将车螯洗净，麻油炒，仍将肉片连卤烹之。二是"何春巢家蛏汤豆腐"。其做法不得而知，在当时就已成绝品。除此之外，我曾在《鱼餐》（轻工业出版社1988年版）一书里偶然发现了"笋片冬菇炒蛏肉"、"鸡蛋肥膘煎蛏子"、"锅塌蛏子"、"炖蛏把"、"鱼香蛏仁"、"雪片蛏子"、"酱爆蛏肉"、"拌蛏肉"、"三丝拌蛏"等多款绝妙的蛏子烹法。

在烟台搜鲜时，我边吃蛏子边想，蛏子完全可以像粉蒸肉那样来做，即"粉蒸蛏肉"。当时我还为这一创意小激动了一下。回京之后，在随手翻阅清代诗人兼吃货朱彝尊的美食著作《食宪鸿秘》时，惊奇地发现了一款"蛏鲊"：蛏一斤，盐一两，腌一伏时。再洗净，控干。布包，石压。姜、橘丝五钱、盐一钱、葱五分、椒三十粒、酒一大盏、炒米一合磨粉，拌匀入瓶，十日可供。这就是"粉蒸蛏肉"啊！

杂素单

茄二法

在清朝 / 吴小谷广文家炊烟袅袅 / 油炸的黄昏飘散着猪油煨甜酱的芳香 / 一如孤独之茄在味道深处露出的方向 / 在清朝 / 卢八太爷家小炒之声微黄 / 融入酱油的滑嫩之甜透过雕花木窗 / 一如灯泡之茄照亮了民间

　　吴小谷广文家，将整茄子削皮，滚水泡去苦汁，猪油炙之。炙时须待泡水干后，用甜酱干煨甚佳。卢八太爷家，切茄作小块，不去皮，入油灼微黄，加秋油炮炒，亦佳。是二法者，俱学之而未尽其妙。惟蒸烂划开，用麻油、米醋拌，则夏间亦颇可食。或煨干作脯，置盘中。

上世纪六七十年代，每到吃晚饭的黄昏，我和我的大小伙伴们会不约而同地端着饭碗到同一个角落去一起吃饭，不是为了晒饭晒菜，而是为了用相互聊天这种方式来下饭。因此常常会遇到大家的饭碗里竟然都是同一样的茄子，只不过一些看起来有油水而另一些少油水罢了。

还好，我从小都喜欢吃茄子，这得感谢我会做菜的母亲。她会把茄子变着花样来吃，有青椒炒茄子、甜酱烧茄子、豇豆煮茄子、鲊茄子炒回锅肉、泡菜烧茄子、盐菜烧茄子、凉拌茄子，等等。每当放学刚放下书包，若母亲让我去打甜酱，则晚餐一定会有"酱烧茄子"或者"酱爆回锅肉"，若是两样都有，那一晚我浑身上下都会感到无比的幸福。

在那些缺肉少油的日子里，"酱烧茄子"无论从形式到口感都变成了我想象的牙祭，糯润浓郁，汁滑下饭。其做法与清朝的袁老先生一样，将甜酱在猪油里炒香，加茄条和蒜片翻炒，再加适量汤水煨，盖上锅盖，慢火收汁而成。其实"酱烧茄子"在北魏就有了，贾思勰的《齐民要术》中有烹茄之法："焦茄子法：用子未成者（子成则不好也）以竹、骨刀四破之（用铁则渝黑），汤渫去腥气，细切葱白，熬油令香（苏弥好），香酱清、擗葱白与茄子俱下，焦令熟，下椒、姜末。"显然，这比袁老先生在清朝做的"酱烧茄子"还精彩。

茄子天生就是民间家常的，让茄子最早登入大雅之堂的，恐怕要数明朝的一道"糟瓜茄"。它以成菜糟酒味香，咸鲜入味，一举登上了明代宫廷名菜的宝座。

茄子源于东南亚热带地区，古印度为最早的驯化地。相传由泰国传入中国，中国在东汉时已有栽培。在民间，茄子的小名为茄瓜、矮瓜，笔名为落苏。王辟之在《渑水燕谈》中介绍说，吴越王钱镠的儿子是个瘸子。当时江南一带民间曾有个绕口令《茄子与瘸子》，因犯吴王忌讳而被禁。人民不敢言"瘸"，又因为茄子与瘸音同，唯恐犯讳，所以将茄子改名为"落苏"。现在江南许多地方仍然这样称呼。这也与"落"与快乐的"乐"谐音有关，以前江南除夕年夜饭必备风干或酱落苏为主菜的"安乐菜"，以祈岁岁安乐。

有味道的是，宋朝诗人一旦看见发出紫色光芒的茄子，就会特别的心潮澎湃，不是赞颂其味道有多美，而是觉得茄子的形象很好玩。比如，宋人郑安晓的《茄》诗："青紫皮肤类宰官，光圆头脑作僧看。如何缁俗偏同嗜？入口原来总一般。"宋人张舜民的《茄子颂》："身累百赘，颈附千疣。采之不勤，菇之颇柔。"还有黄庭坚的诗句："君家水茄白银色，殊胜坝里紫彭亨。"彭亨，也叫膨脝，腹部肥硕起来的样子，就是现在我们说的啤酒肚皮。

茄子有很多吃法，除袁老先生的"茄二法"及凉拌茄子以外，各大菜系几乎都有茄子名菜，四川有"鱼香茄子"、"玫瑰茄饼"；湖南有"盐蛋黄烧茄子"；陕西有"肉丝烧茄子"；广东有"鳝鱼煮茄"、"蟹扒矮瓜"等。最著名的茄子的吃法恐怕要数《红楼梦》第四十一回凤姐给刘姥姥吃的"茄鲞"，就是用鸡汤（加香菌、新笋、蘑菇等）煨茄子，之后用香油一收做成的脯。袁老先生把茄子"或煨干作脯置盘中"，也许正是受到了前辈曹雪芹这道"茄鲞"的启发。现在举国上下的大小餐馆及家庭厨师都在竞相模仿这道"鸡汤煨茄子"，如果得法，确实好吃。

我曾做过一道"米汤煨茄子"（用电饭煲煮饭时稍多加些水来取其米汤）：茄子切厚片，放进凉水里浸泡，然后挤干水分（苦汁）。用猪油炒茄子，加青椒、蒜片、盐一起炒，接着加入米汤（淹过茄子为度），盖上锅盖，用中火慢煨。特别注意的是直到收干汤汁起锅，都不要翻动茄子，这样烹出来的茄子色白、成形、吃口柔嫩而富有弹性，且清淡润养，有稻米之香。中医理论认为，茄子味甘性凉，有清热解毒、活血、止痛、利尿、消肿等功效，可治寒热。故民间有谚语：吃了十月茄，饿死郎中爷。

冬瓜

在冬瓜红烧鳗和燕窝之前 / 一直和小秘虾米白烩在一起 / 尽管冬瓜曾用清炖拥吻过鸡和排骨的鲜香 / 当中年的素和年少的荤不在味道中缠绵 / 冬瓜断然离开丰腴修长的火腿 / 去扬州定慧庵表达一生的清淡 / 而这之中 / 上乘的吃法是 / 夜煨孤独不用荤汤

冬瓜之用最多，拌燕窝、鱼、肉、鳗、鳝、火腿皆可。扬州定慧庵所制尤佳，红如血珀，不用荤汤。

有两件事让我对冬瓜刻骨铭心。第一样是读初中时集体下农场劳动，当年收获了一个重达七十二斤的冬瓜，于是学校把它当成学习老人家"五七指示"结出丰硕成果的一件大事来抓。文艺高手作词作曲并编成歌舞《大冬瓜》，再选来全年级最漂亮的六个妹妹，穿着短裙，手拉手围着道具冬瓜边跳边唱："大冬瓜，大冬瓜，'五七'指示放光华，辛勤劳动结硕果……"当时没去想七十二斤重的冬瓜煮菜是什么味道，倒是那几个美女同学，一直让我青春萌动到高中毕业，迄今为止我还记得那几张鲜嫩荡漾的脸蛋。

第二样是小时候感觉满街都是"冬瓜"。有一家人，从老大到老四，四个儿子，分别叫大冬瓜、二冬瓜、三冬瓜、四冬瓜。每到黄昏，满街都在扯开嗓子叫喊：三冬瓜、肖冬瓜、力冬瓜……吃饭了！伙伴们取名为冬瓜有两个原因，一是冬瓜很卑贱，很容易生长；二是其身材确实又矮又胖像冬瓜。

冬瓜虽然很平凡很民间，但它还是有历史背景的。据《江陵县志》，宋仁宗召见江陵张景的时候问道："卿在江陵有何贵？"张答："两岸绿杨遮虎渡，一湾芳草护龙州。"仁宗又问："所食何物？"张答："新粟米炊鱼子饮，嫩冬瓜煮鳖裙羹。"从此，这道民间的甲鱼裙边和鸡汤一起炖冬瓜，成了宋代宫廷名菜"冬瓜鳖裙羹"。

袁老先生说"冬瓜之用最多"，深谙素冬瓜与火腿、鳗、鱼肉、干贝、虾米等众多荤东西的勾肩搭背而成为名菜，尽管他说过扬州定慧庵红烧如琥珀的冬瓜味道最好。红如琥珀，无非就是酱油烧冬瓜，但袁老先生恐怕有所不知，用酱油素烧冬瓜，冬瓜会发酸的。其实冬瓜远离油水不沾荤腥是成不了大菜的，我找遍中国烹饪典籍及各大菜系，很难找到冬瓜不近荤色而独立成为名菜的记载。仅在《多能鄙事》找到"蜜煎冬瓜"、《群芳谱》中找到"蒜冬瓜"、《养小录》中找到"煮冬瓜"等这些鸡毛蒜皮的小菜。

不过在冬瓜的灰色历史上，有一道非常有创意的"煨冬瓜"值得一提，也就是袁老先生的前辈清人朱彝尊在他的《食宪鸿秘》中记述的："煨冬瓜，切下顶盖半寸许，去瓤、治净。好猪肉或鸡鸭肉或羊肉，用好酒、酱油、香料、美汁调和，贮满瓜腹。竹签三四根，将瓜盖签牢。竖放灰堆内，用砻糠铺底及四周，窝到瓜腰以上。取灶内灰火，周回焙筑，埋及瓜顶以上，煨一周时（一天一夜），闻香取出。切去瓜皮，层层切下供食。内馔外瓜，皆美味也。"此菜后来成了清代宫廷名菜"冬瓜盅"，直到现在"冬瓜盅"依然是广东名菜，只不过把"灰火煨"变成了"笼中蒸"，可以想象后者之味不可企及前者之道。不知道袁老先生为何没把这道"煨冬瓜"收入《随园食单》。

在我和冬瓜一起成长的年月中，除了"冬瓜妹妹"和"冬瓜浑名"以外，我曾创过两道"二毛"字号的冬瓜小菜。一是用一斤猪板油刚熬出来的油渣，油渣炒出油，加几粒虾米用小火炒香；放两斤切厚片的冬瓜炒，加水、盐。盖锅盖收干水分加葱花起锅便成。第二道是用猪油先炒姜、蒜米及鲜辣椒节，然后放入一只剥皮的大红番茄炒至吐红，加切成小方块的冬瓜炒，加猪骨汤（刚淹没为度）、盐、味精、胡椒粉、糖、葱节煮至熟，用薄芡收干汤汁即成。这等小菜虽然登不了堂入不了室，但它可以陪你喝小酒下小饭过小日子度小人生。

冬瓜在《广雅》中称水芝，《食疗本草》称濮瓜，冬瓜还有浑名——白冬瓜、东瓜、枕瓜等，原产于中国南方及东印度。远在化妆品问世之前，我们的祖先就用冬瓜来保养自己的皮肤了。《本草经》记载：用冬瓜籽研膏做面脂，可消除雀斑、蝴蝶斑、酒糟鼻，"令人颜色悦泽"。李时珍《本草纲目》也提到用冬瓜瓤绞汁"洗面澡身"，可使皮肤"悦泽白皙，肤如凝脂"。现代医学研究还表明，冬瓜所含的无脂低钠，可以利尿，能阻隔碳水，可耗体内脂肪，从而起到减肥之效。

豇豆

加激情爆炒／用欲火红烧／临上桌／去掉油荤的那个亲／十七岁的
豇豆／脆嫩热恋中

    豇豆炒肉，临上时去肉存豆。以极嫩者抽去其筋。

袁老先生能把蔬菜中的"下水"之菜豇豆收入《随园食单》，可见对豇豆的偏爱。在各大菜系的菜谱及典籍中，很难找到一款哪怕做"小三"的豇豆菜，更不用说傍上鸡、鸭、海参之类大款菜了。好在翻《中国菜谱·四川》（1981年版）时，找到了一款"金钩烧豇豆"，用鸡汤、虾米烧制而成。此菜显然是可以拿来举一反三再开发的。

　　豇豆有菜用豇豆和粮用豇豆（豆粒）之分。菜用豇豆又分青荚、白荚、红荚三类：青荚荚果细长，嫩荚肉厚，质地脆嫩，宜炒宜拌；白荚荚果肥大，浅绿或绿白色，肉薄，质地较松，宜煮宜煨；红荚荚果较粗短，紫红色，嫩荚肉质中等，宜烧宜熬。

　　其实豇豆注定是孤独的、清淡的、家庭的。最初豇豆是用来救荒的，明代《救荒本草》有记载："救饥：采嫩苗叶炸熟，油盐调食。（豇豆）角嫩时，采角食之，亦可作菜食。豆熟时打取豆食之。"在我那缺油少盐的童年，也是上顿豇豆下顿茄子的，不过母亲会变换花样来吃，有凉拌豇豆、清炒豇豆、米汤煮豇豆、煮豇豆茄子、烧豇豆土豆、炝炒泡酸豇豆、清炒泡鲜豇豆等。特别是清炒泡鲜豇豆，我至今还常炒来佐酒下饭。做法是：三分之一泡豇豆、三分之二鲜豇豆，切成末；用菜油把泡豇豆炒香，加入鲜豇豆翻炒，加盐及少许味精，再加青蒜苗末炒熟即成。那老泡菜的醇厚与鲜豇豆的清香相恋，至少能下半斤白米饭。

夏天，我喜欢用豇豆来煮稀饭。选四五十岁那种中年豇豆，松、泡、绵、软，与米搅和煮烂后，柔稠之中散发出清香。再用泡豇豆与肉末（肥瘦各半）为馅，包几个大肉包子就着稀饭吃：乖乖，炎热的夏天就会像喝冷稀饭一样清凉地呼啸而过。川菜有一道家常菜，叫"烂肉豇豆"，也就是泡豇豆炒肉末，属于伟大的下饭菜之一。它是用干辣椒、花椒与泡豇豆炝炒出来的。要让它更好吃有四要点：一选最嫩的豇豆，用沿口坛泡；二用菜油炒；三是肉末里要有三分肥；四是临起锅时加些蒜苗末。不妨一试。

现在各地菜市都有泡豇豆卖，但几乎都是没有进入密封坛泡制、发过酵的，烹制出来就差了那么一种香和醇。大西南地区迄今还有用干豇豆炖老腊肉的习惯。干豇豆是用鲜豇豆过沸水，半生，然后捞起来晒干而成。烹制时，先用温水发软，然后与腊肉（腊猪蹄）同炖，什么调味料都不要放，腊香软烂、饱含汤汁的干豇豆，会让你满口有一种淳朴而厚实的味道。干豇豆还可以用来炖鸡、烧鸭、炒腊肉等。

二十年前读到《随园食单》时，觉得袁老先生的豇豆炒肉上菜前去肉存豆还是有些夸张了，香喷喷的嘎嘎（方言：肉）弃之不要而只吃豇豆，未免太奢侈了吧。后来才知道，这是淮扬菜独到的赋味方式，即往往是用有滋有味有油水的鸡、火腿、五花肉等，与无味的需要油水的海参、鱼、素菜等同烹，使其"有味使之出，无味使之入"。

在四川风味的素食中，有几道比较别致的豇豆菜肴：鱼香豇豆、干煸豇豆及青椒豇豆。特别是鱼香豇豆，是把川菜烹调中具有代表性的鱼香味型用于豇豆，使其成菜具有咸甜酸辣鲜香，姜葱蒜味突出的特点，是一款大酒大肉后解腻解酒的佳肴。豇豆还可嫁鸡随鸡、嫁狗随狗般地与腰花、肝尖、鸡丝、肉丝、鱼片等荤东西同炒，其滋味口感都不错。此外，豇豆还有我们有所不知的食疗作用：豇豆味甘性平，具有理中益气、健脾补肾、散血消肿、清热解毒等功效，对脾胃虚弱、泻痢、吐逆、消渴、遗精、白带过多、小便频繁等有一定治疗作用。食疗中常用于高血压、动脉粥样化及水肿等症。

属豆科植物的豇豆浑名最多，《广雅》称胡豆、豆𦸅豆䇂；《广群芳谱》称白豆、饭豆；《食味杂咏》称江豆、裙带豆；又称长豆、姜豆、羹豆、腰豆、带豆等，特别是豆𦸅豆䇂之名，是指豇豆荚是成双作对的，仔细回忆当年下农场劳动时豇豆林的情景确也是这样的，还有土家族民歌为证：送哥送到豇豆林，手摸豇豆述衷情，要学豇豆成双对，莫学茄子打单身。

菠菜

菠菜和豆腐／根红苗正的一对／如记忆中的老夫少妻／菠菜用肥柔的碧绿烩春／用十七岁的鲜嫩蒸蛋／而被岁月这口油锅／煎成的二面黄豆腐／正用滋的欲味的望／等待着和菠菜煮汤

　　菠菜肥嫩，加酱水、豆腐煮之。杭人名"金镶白玉板"是也。如此种菜，虽瘦而肥，可不必再加笋尖、香蕈。

隋唐时，菠菜从尼泊尔引进中国，那时叫菠棱菜，珍贵无比。

不像低贱的茄子和豇豆，菠菜是有身份的，也是有地位的。首先菠菜这名就有几分洋气，姓菠，菠菜的菠，做出来的菜也叫菠汁或翡翠什么的；其次，菠菜与中国皇帝的故事是蔬菜中最多的。

　　隋唐时，菠菜从尼泊尔引进中国，那时叫菠棱菜，珍贵无比。喜欢给唐太宗提意见的魏征，爱吃菠菜，并且上了瘾，天天都想吃。有一次，李世民为了挫挫魏征咄咄逼人的锐气，专门设宴请魏征吃菠菜（魏征的老婆极其讨厌菠菜，家里不给他做），让他把所有意见统统提出来，免得以后皇帝在朝臣面前没有面子。面对碧绿清香的菠菜，魏征除了口水长流，一句话都说不出来。李世民假装说魏征没胃口，来人哪把菠菜撤下换下一个菜，魏老夫子急了，连忙放下架子说："不不不不！不要换！不瞒万岁，魏征最爱吃菠菜……"

　　菠菜还有几个有趣的名字：赤根、红根菜等，让我想起上世纪六七十年代工人阶级和贫农出身的"根红苗正"。由于红根部分极像鸟的头嘴，所以菠菜还有个艺名叫"鹦鹉菜"。据说乾隆皇帝第四次下江南，在福建北部一农家，农妇为他做了菠菜烧豆腐（豆腐煎成两面黄），报名为"金嵌玉印红嘴绿鹦哥"。乾隆品尝了农家乐的这道菠菜烧豆腐后，赞不绝口，回北京后立传御膳房给他做。鲁迅先生在《华盖集续编·谈皇帝》中写道：皇帝要吃的东西不能随便给，否则吃了又要，办不到就要杀人。菠菜一年四季都有，天天给他吃菠菜，丝毫不难。"但是倘说是菠菜，他又要生气的，因为这是便宜货，所以大家就不称为菠菜，另外起个名字，叫做'红嘴绿鹦哥'。"

其实菠菜最终还是以它的色及鲜而备受青睐，各大菜系几乎都有以菠菜为原材料的代表菜，并且菜名多以"翡翠"命名。比如，北京名菜"翡翠羹"，是把菠菜叶剁成的细泥与鸡脯肉砸成的鸡泥一起烹制成稠羹，菜味清淡而嫩鲜，倒入盘中后，白绿两色分明，故名翡翠羹；福建名菜"翡翠虾珠"，是用炒熟的绿色菠菜垫底，将炸熟的虾珠（鲜虾仁剁成泥，用盐、鸭蛋清、干淀粉捏成的球）排于菠菜上；湖南名菜"翡翠鸡腿"，取菠菜汁与鸡肉泥一起烹制，形似鸡腿，外表脆韧，里面鲜嫩。以菠菜为原料的名菜还有：四川的"菠饺银肺汤"、"白汁菠菜卷"；湖南的"椒盐菠菜心"；陕西的"菠菜烩豆腐"、"菠菜松"；宁夏的"软炸菠菜"等等。

除了喜欢做菠菜肉圆汤、菠菜酥肉汤及菠菜红苔粉油豆腐汤外，我还常用一斤糙米、二两黄豆，用水浸泡一夜之后打磨成糊浆，加入适量的盐和花椒，然后将洗净晾干的菠菜挂此糊上浆，放入菜油锅里炸至色黄捞起趁热便吃。那近处的香酥以及远处的鲜嫩，不是随便挂个什么糊上个什么浆所能得到的。

顺便提一下菠菜和其原配夫人豆腐的关系。由于菠菜里的草酸与豆腐中的钙产生了一些小摩擦，它们被分开了这么多年，即所谓菠菜与豆腐相克。事实上，我们吃进去的那点草酸与血钙的结合物是微不足道的，再说了，我们又不是一年四季顿顿吃菠菜烧豆腐。除了袁老先生这款"菠菜煮豆腐"以外，《调鼎集》还记有菠菜汤：先用麻油一炒，配石膏豆腐、酱油、醋、姜做汤；拌菠菜：炸熟，配炸腐皮，麻油、酱油、醋、姜汁、炒芝麻拌。或加徽干丁。

菠菜是有食疗作用的。中医理论认为，菠菜味甘性凉，有养血、止血、止渴、润燥之功用；对便血、坏血病、便秘等有一定疗效。近年的研究显示，菠菜有抗菌和降胆固醇的功效，还有防感冒，防冠心病和抗癌的作用，因此被称为抗癌食物。在江苏人民出版社1973年出版的《食物中药与偏方》中记有治高血压、便秘、头痛、面红、目眩等的偏方：鲜菠菜置沸水中烫约三分钟，以麻油拌食，一日两次。我有一朋友用此方试过，效果不错。

松菌

我小平头的童年 / 离油和肉很远 / 离鲜和嫩很近 / 蔬菜都分明地长在
四季里 / 阳光照射着辣椒和仔姜 / 那些最真实的味道 / 初夏里的清
香 / 是母亲做饭的一个侧影 / 如今一场雷雨之后 / 只有松菌依然生长

　　松菌加口蘑炒最佳。或单用秋油泡食亦妙。惟不便久留耳。置各菜
中，俱能助鲜。可入燕窝作底垫，以其嫩也。

记得小时候的四五月间，母亲总会去街上赶场时买些野菌子回来，用点猪油先炒炒青椒和蒜片，然后下洗净的野菌炒香炒熟，再加点盐翻炒几下就上桌了。那时在铁锅里翻炒的那种响声，以及随之飘散的扑鼻之香，经常让隔壁邻居以为我家又在吃肉了。

不过那柔滑爽脆的口感混合着的猪油之香，在那缺肉少油的年代，确实有打牙祭的感觉，常常是一上桌就被我们和白米饭一扫而光。有一次家里炒菌，母亲对我说：从山上采下来的野菌会有毒菌的哦，小孩子吃多了会中毒的哈！于是我们就真的少吃或不吃了，这一吓唬，大人们自己就可以多吃些了。

长大之后出门爬山游玩，看见松树下生长的一朵朵如小伞的蘑菇，才知道那时母亲炒给我们吃的野菌叫松菌。这种松菌是在大西南边远山区的四五月间或八九月间，一场雷鸣电闪瓢泼大雨之后从松树根部腐殖的松针里生长出来的。

宋人陈仁玉所撰的《菌谱》中有"松蕈（菌）"条："生松菌、采无时。凡物松出，无不可爱，松叶与脂、伏灵、琥珀，皆松裔也。昔之循山服食求长年者，舍松焉依？人有病溲浊不禁者，偶啜松下菌，病良已，此其效也。"意思是松菌生长在松树阴下，采无定时。凡由松生出的东西（包括松菌），没有不可爱的，松叶与松脂、伏灵、琥珀，都是松树的后裔。从前逃到深山里服食求长生的，舍弃了松树，还有什么可依赖的？人有病小便混浊不禁的，偶然吃了松下菌，病就好了，这就是它的效力。看来松菌既好吃又养生。

袁老先生则给出了"松菌加口蘑炒最佳"的吃法，这种吃法我还没试过，我想应该是鲜松菌和干口蘑的结合吧，即取松菌的鲜嫩和口蘑的醇香。显见袁老先生给出了西南菜以外的松菌吃法，值得我们学习借鉴。所谓口蘑，即是生产或集散于河北张家口的蘑菇，有非常大的名气。用松菌来炒口蘑这一南北菌子的结合，我平生第一次听说，更没有吃过。但我已经想好，今年四五月间我要从北京带一些口蘑妹妹去会会家乡的松菌哥哥。

民国吃家张大千、王世襄都是蘑菇的爱好者。张大千抗战时在敦煌面壁期间，不仅找到了绘画的新灵感，同时也在大漠中找到了生长的苜蓿、野蘑菇这些难得的食材。临到离开敦煌的时候，张大千特意画了一幅野蘑菇生长地点的"秘密地图"，送给后来任敦煌艺术研究所所长的常书鸿。在地图上，张大千详细标明了这些野蘑菇的采摘路线和时间，还注明哪一处的野蘑菇长得最好和最好吃，这让常书鸿感动万分。张大千的蘑菇拿手菜是：萱花烩松菌（台湾松菌）、鲜蘑菇炖羊肉。

家住北京的王世襄，那些年则是先上菜市场找卖菜的打听，按照卖菜人的指点先在一所小学的传达室找到了以前给菜市送蘑菇的老汉，于是老汉告诉了他采蘑菇的路线图。第二天，王世襄便带着儿子一起骑自行车去永定河河沿采蘑菇了。王世襄对鲜蘑菇的品种及烹饪方法都有自己独到见解，他说一种叫"柳蘑"的菌子，菌伞呈土褐色，簇聚而生，有大有小，烹调时宜加黄酒，去其土腥味。烩、炒皆可，而烩胜于炒，用鸡丝加嫩豌豆烩是味佳肴。还有一种叫"鸡腿蘑"，菌柄较高，色泽稍浅，炒胜于烩。这不是会买会做会吃的人，是说不出这些话来的。

2010年清明节，我从北京回大西南边远山区的老家上坟挂清，快到吃晌午饭的时候，表弟高万春带我去了一家专门做鲜野松菌的小馆，不一会儿老板亲自端着锅上菜。这道菜是先将五花肉炒成油渣，然后下蒜片、松菌、料酒、白糖、骨汤等炒煨而成，我们边煮边吃边铲，一边下酒一边吹牛，一下子就觉得童年没吃够的，今天要把它吃回来。在半斤苦荞酒下肚之后，还叫来了一大碗鼎罐锅巴饭，用锅底那点残汤剩汁一下，快活得不行，这哪是"美妙绝伦"能够形容得了的呢？！

芹

当芹素到极端时 / 离肉丝最远 / 当芹低调到根部时 / 离青脆最近 / 云梦之芹啊 / 你用谦虚之味相拥豆干 / 然后用骄傲之青抚慰肺片 / 是谁在民间调味 / 境界中的芹 / 随幽香生长

芹，素物也，愈肥愈妙。取白根炒之，加笋，以熟为度。今人有以炒肉者，清浊不伦。不熟者，虽脆无味。或生拌野鸡，又当别论。

芹菜这东西，愈肥愈妙，即肉厚质密、新鲜干净为好。不过袁老先生说芹菜炒肉清浊混杂不伦不类，这我不赞成，我相信大多数芹菜的粉丝也不赞成。我吃的第一道用芹菜做的菜，是母亲做的芹菜炒豆干。开始吃不惯芹菜那股药味，悄悄扔了，只吃豆干。此豆干非彼豆干，上世纪六七十年代，豆干是过年时才能吃到，这个豆干是母亲把豆腐切片煎成两面黄，再切成粗丝，外酥里嫩。至今我还用干辣椒节和姜片来做这个菜，下白酒也下白米饭。

芹菜分为旱芹和水芹两种，旱芹又分药芹和西芹，药芹又有香芹和大芹菜两种，叶柄肥大的大芹菜和西芹就像一对孪生兄弟。水芹少了那种特殊的芳香味，其形及口感有些像芦蒿，多为江南人所食用。在北方现在也能吃到水芹，只不过多数是从江苏那边打包运输过来只有茎没有叶的。

古代所说的芹菜多为水芹。《吕氏春秋·本味》："菜之美者，有云梦之芹。"云梦，楚地之中的湖也（今湖北蕲春一带），应该是中国最早的芹菜发祥地了。所以芹菜还有两个小名：楚葵和水英。《诗经》中也有说法："思乐泮水，薄采其芹……思乐泮水，薄采其藻。"古代高等学府旁边半环状的河为"泮水"，只有获得功名的人才有资格进入学府"游泮"，而"采芹人"或"采藻人"多指有才学的秀才。

上世纪六七十年代出生的女孩，多被取名为小芹、秀芹、桂芹等，我想是取芹菜的朴素和低调，以及芹菜的贫贱而易于生长。还有"献芹"和"纳芹"之说，即送你一件不值钱的薄礼（献芹），请笑纳（纳芹）。于是芹菜的低廉与随处可采成了有权有势的人喜新厌旧的借口："君王有凤偶，不数芹边燕。"

芹菜的原配搭子非豆干莫属，这可从举国上下都有同一道"芹菜炒豆干"为证。不过芹菜与牛肉也蛮般配的，四川传统家常菜"芹菜花炒牛肉末"，我把它稍加改进后的做法是：芹菜去叶洗净，切成颗，用少许盐拌匀，沥干水；蒜苗洗净后切成短节，豆瓣剁细；黄牛肉洗净剁成细粒；炒锅置旺火上，放入混合油（猪油和菜油各半），烧至七成热时，下牛肉（牛肉里加几粒花椒）炒干水汽，加豆瓣、姜米、蒜米、泡椒、泡菜、泡姜（不加盐了）使牛肉上色上味，牛肉烧至干酥时，下芹菜、蒜苗翻炒。最后用酱油少许、料酒、胡椒粉、醋几滴、白糖、水豆粉勾兑成滋汁淋入锅内，旋即炒转起锅而成为伟大的下饭菜之一。这里面的芹菜既成了牛肉的配料妻子，又成了牛肉的调味哥们儿，川菜名菜"夫妻肺片"及袁老先生的"生拌野鸡"中的芹菜也充当了这种双重角色。

袁老先生用芹菜根炒笋值得今人借鉴和发扬。我常把人们丢掉的芹菜根用来凉拌或炒肉，其根味甘甜鲜嫩，可与冬笋媲美，并且芹菜根有治头风痛和治失眠的作用。唐代宫廷有一道叫做"醋芹"的名菜，据说是唐太宗赐给良臣魏征并一起享用的（古人用"食芹"来形容君臣、朋友关系的随和融洽）。但"醋芹"

不是用醋来做的芹菜，而是把芹菜洗净之后控干水分，投入滚热面汤中盖严，乳酸发酵三天左右捞出切段，用原汤原汁置锅中烧沸加盐食之。看来唐代宫廷中，大酒大肉之后也需用此类卑贱的酸芹菜来解酒解腻。

受"醋芹"的启发，我最近在北京天下盐餐厅创制了一道"炝炒酸芹菜"：用洗净的大芹菜，在沸水锅里焯一下，沥起放入陶瓷缸里。然后去豆腐作坊要些滚汤的膏水（豆腐浆水）加入陶瓷缸里，夏天泡三日，冬天泡七日。把泡酸的大芹菜挤干水分，切细用干辣椒节炝炒上桌，那煳辣之香中的酸脆，是我半个世纪以来的口腔不曾感触到的。于是我立马打电话给营养大师陈允斌女士，讨教此酸芹菜的食疗作用，陈老师的回答是：芹菜用此法泡酸，应该会增强降肝火的效果。

豆芽

豆芽如江南村姑 / 在相思中白嫩 / 常自恋着炝炒一盘 / 或正成为海米的小三 / 直到有一天遇见 / 媒人袁枚牵来燕窝这匹白马王子 / 当晚豆芽就以柔脆相许 / 结为名菜

　　豆芽柔脆，余颇爱之。炒须熟烂，作料之味才能融洽。可配燕窝，以柔配柔，以白配白故也。然以其贱而配极贵，人多嗤之。不知惟巢由正可陪尧舜耳。

袁老先生把巢父和许由这两位志行高尚的隐士比作豆芽，而把尧、舜比作燕窝，并用看起来极贱的豆芽来搭配极贵的燕窝，除了说明老先生极富烹调想象以外，还说明他确实太喜欢豆芽这一口了。

　　上世纪六七十年代，那些缺肉少油的日子里，我特别喜欢母亲做的一道豆芽菜：酸辣味的炝炒绿豆芽。因为爽脆下饭，现在我还常炒这道菜招待朋友。说来奇怪，我90后的儿子牟兰岛也格外喜欢这道菜，回家吃饭之前总要打招呼：老汉（爸爸），炝炒个绿豆芽哈！我常想：这小子还算要求不高！

　　母亲做这款炝炒绿豆芽有些特别：起混合油锅（菜油三分之二，猪油三分之一）七成油热时，将干辣椒节炸至泛黄，下几粒花椒炸香，迅速倒入洗净沥干的绿豆芽（同时放适量姜片、蒜片）下锅翻炒，加盐、醋、醪糟汁（比加料酒和糖更醇厚）快炒至断生起锅。脆生生的咸、酸、辣、鲜下头一碗米饭，盘中剩下的酸辣香汁拌第二碗米饭。后来我想，这或许就是我和儿子都喜欢这道菜的原因吧。

　　黄豆芽煮汤，绿豆芽炝炒，已成川人家庭对豆芽菜的基本吃法。黄豆芽与蘑菇、笋并称素鲜"三霸"，做汤菜或烧菜时用于提鲜，黄豆芽豆腐海带汤、黄豆芽炖猪肚、海米烧黄豆芽等。以前成都玉林的三倒拐餐厅有一道招牌菜黄豆芽炖肉丸，在餐厅进门处用一火炉文火慢煨，一边展示一边现场售制。吃客都会要上一份，人少要小份，人多要大份。黄豆芽鲜嫩爽脆，肉丸入口"肉味"十足，化渣不腻。

曾以开水白菜、红烧熊掌为代表菜享誉海内外的川菜大师罗国荣，1941年在成都创建颐之时餐厅时，自创了一道别具一格的豆芽包子。我在成都生活的十年，一直寻找这道名点，但始终没找到，估计失传多年。好在罗国荣的高徒黄子云记录了这一名点的做法：在发好的五百克面粉内加入五十克白糖揉匀，揪成三十个左右的剂，皮擀成中厚边薄。肥三瘦七猪肉七百五十克绞成肉末。黄豆芽掐去根部洗净，控去水分。葱切花，姜切末，豆瓣酱剁碎。锅烧热（不要放油），下豆芽煸熟。锅洗净烧热，放入两百克猪油，油热时下肉末炒熟，再下豆瓣酱炒出香味，放入酱油（少许）、盐、味精、白糖（少许）、葱花、姜末调味。用少量水淀粉勾芡后，放入平盘内，再将煸好的豆芽和在炒好的肉末内晾凉。把肉馅放入面皮内，包成大小均匀、分量准确的提折包子。其特点是，包子皮松软，馅有咸、香、辣、鲜味。如此详细地记述做豆芽包子的方法，是希望有人把这一四川名点发扬光大，因为一看上述做法，就知道这包子好吃无疑。

绿豆芽宜凉拌和爆炒。从宋代开始绿豆芽曾用小名、浑名、艺名、身份证名有豆苗、玉髯、巧菜、豆芽菜、豆莛、如意菜、掐菜、雀菜、银芽、银苗、芽心等。所以有银芽拌鸡丝、炝银芽、银芽拌金针菇、银芽拌凉面、油泼银芽等凉菜；热菜有掐菜牛肉丝、素炒绿豆芽、银芽炒鸡丝、银芽炒鱼丝、银芽爆腰片等。因其色白如玉、形似银针、滋感酥脆，经常用作爆炒菜品的配色、配形和调剂滋感的配料，做部分荤菜的垫底，也可混炒、混爆等，真可叫"三陪豆芽"了。

我曾用黄豆芽炒过腊肉丝：先净锅煸炒黄豆芽捞起，然后放菜籽油辣椒节炝炒腊肉丝，再放煸熟黄豆芽翻炒起锅，成菜腊香脆柔、爽口下饭。我也把绿豆芽用泡菜水泡成"泡银芽"，夏天泡四小时，冬天泡十二小时，爽口且解酒解腻。我还把泡银芽与魔芋丝（加盐，焯水)炒成泡银芽炒魔芋丝，口感脆柔下饭。在用旺火炝炒绿豆芽的过程中，我喜欢像母亲那样沿锅边放下少许香醋和醪糟汁，让其起白烟，这样快速翻炒出的绿豆芽，又嫩又脆又香。有时下面条加青，我也会加绿豆芽，有独特的口感。

葛仙米

葛仙米 / 发菜的表妹 / 从道士葛洪处出走 / 带着温柔和爽脆 / 嫁给鸡汤随汤 / 嫁给火腿随腿 / 葛仙米啊葛仙米 / 你有时遍野救荒 / 有时又守寡凉拌 / 有时在皇帝的餐桌上做木耳状

　　将米细检淘净，煮半烂，用鸡汤、火腿汤煨。临上时，要只见米，不见鸡肉、火腿搀和才佳。此物陶方伯家制之最精。

直到现在，我的口腔仍然能够触感到上世纪六七十年代，母亲用猪油、泡椒、鸡蛋、香葱炒岩木耳的那种脆滑嫩润。虽然过去了将近半个世纪，但那盛在搪瓷盘里冒着热气的红、黄、绿、香，仿佛就像是昨天黄昏里的晚餐。

岩木耳是我家乡重庆酉阳一带的叫法，它还有许多学名、艺名和浑名：地木耳、葛仙米、地耳、地塌皮、绿茶、地软、地皮菜、野木耳、岩衣、鼻涕肉、雷公屎等。记得在儿时，雨过天晴之后，后山上的岩石上长满了岩木耳，从那时起就觉得这种无爹无娘无根而吸附在岩石上生长的东西很是稀奇。长大了才知道，岩木耳其实是藻类植物的一种。

岩木耳一开始就是劳苦大众用来度饥荒的野菜。据说上世纪50年代末60年代初的三年灾荒，举国上下大江南南北的葛仙米，常常一夜之间被采得精光，以至于那时候有许多人猜测葛仙米是不是在这个世界上绝迹了？！

葛仙米虽然如村姑般低贱，但并不妨碍它嫁入名门望族而成为名菜。袁枚老先生就是这样的媒人，早在清朝就让它与鸡汤、火腿汤这些土老肥结合，成为如花似玉的佳丽。之后，葛仙米妹妹又腻滑嫩润地进入清宫，成了末代皇帝溥仪的一道欢喜菜——鸭丁溜葛仙米，最终登上了大雅之堂而成了御菜。

其实葛仙米这个东西，在医食同源的中国古代，早就是进贡之品了。据乾隆年间汪启淑《水曹清暇录》记载："广西北流县有葛仙岩，相传晋葛洪为勾漏令修炼于此，床灶犹存，岩下产米类小木耳，可治肺热、味亦清香，堪做羹材，名葛仙米，充上方岁贡，户部主政……"而在清代《本草纲目拾遗》中有更详尽的记述："（葛仙米）生湖广沿溪山穴中石上，遇大雨冲开穴口，此米随流而出，土人捞取。初取时如小鲜木耳，紫绿色、以醋拌之，肥脆同食。土人名天仙菜，干则名天仙米，亦名葛仙米。以水浸之，与肉同煮，作木耳味。"这等于教了我们一道肥脆醋香的"凉拌葛仙米"啊！

小时候，母亲毛荣贤也给我们用醋拌过岩木耳，不过母亲是用自己从山上采摘的鲜岩木耳（焯一下水），和从山上挖来的小蒜（野葱，切成花），再加从柴火红灰里炮制出的煳海椒（用手搓碎），和醋酱油一起拌和而成的，柔脆而香辣。记得最后我是把剩下的酸辣香汁倒进一大碗白米饭中，一边搅拌着，一边呼噜呼噜大口大口地扒进了肚子里。有一次我还看见母亲把岩木耳一遍又一遍地淘洗干净之后，一半用刚煮过腊肉的汤来炖，起锅时加蒜苗花；另一半则拿来炒肥腊肉加青椒。在那个缺肉少油的年代，我就已经幸福地一顿饭两吃葛仙米了。母亲还叫我们多吃些，说岩木耳是清热解毒、明目益气的。

从上世纪80年代之后就很少吃到岩木耳了。去年春天回重庆老家，有一天逛秀山县一菜市场，偶然发现有当地农民用一旧洋瓷盆装着岩木耳在卖，陪同我的作家吴加敏、周丽夫妇看出了我的惊喜，便说：二毛，晚上带你去一家非常有特色的馆子吃地木耳。

当炊烟在这座美丽小城的黄昏中四处袅袅升起，我们来到了城西的一家叫做月月红的城市农家乐，一家完全用木料装修一新的四合院落，给人的第一感觉就是里面深藏着私房菜的绝技。随着干锅三脆、魔芋烧鱼、小煨旱鸭子、盐菜煮黄辣丁等一道道菜一一上桌，最后美女老板刘三妹亲自为我们上了一道压轴菜，即用猪油、肉末、葱花和自制酸海椒烹制而成的"酸海椒炒地木耳"。我顿时感到那香那热气那咀嚼着发出的柔脆之声，好像是从上世纪六七十年代飘过来的。

韭

一字表示大地上 / 长满了韭 / 那是韭叶四处披散 / 张开的香 / 迎接着壮阳 / 我看见帝王 / 用一年之头鲜祭祖 / 在周朝的二月献上小羊 / 诗人们隐藏谷雨之后 / 伺机开刀 / 头刀品新韭 / 二刀尝肥嫩 / 三刀炒鸡蛋 / 刀刀剪味道

　　韭，荤物也。专取韭白，加虾米炒之便佳。或用鲜虾亦可，鳖亦可，肉亦可。

在我的记忆中，韭菜给我最好的印象有两个：一是在富有弹性的面皮里，与肥瘦猪肉柔润爽滑地相拥在一起，做成饺子馅；另一个是在唐朝的一个晚上，做了诗人杜甫诗中的"夜雨剪春韭"。

　　韭菜是真正的国货，早在三千多年前已有栽培，《诗经·七月》的"四之日，其蚤，献羔祭韭"即可佐证。韭，其发音为久，宿根生长，久生久割不败。有浑名"懒人草"、"草钟乳"、"起阳草"等。

　　诗人杜甫用"夜雨剪春韭"来赞美韭菜之嫩，诗人李白用"秋韭花初白"来赞美韭菜之香，诗人陆游则用"雨足韭头白"来赞美韭菜之肥。三诗人虽然对韭菜各有所好，但归根到底，都是想那一口——他们知不知道此物壮阳？不清楚。

　　无独有偶，当代诗人李亚伟也对韭菜叶情有独钟。虽然在他的长诗《河西走廊》中，没有一句提到甚至连一个韵脚也没有沾到过韭菜的气息（这是我至今都感到遗憾的），但他把一行行韭菜用革命的现实主义和浪漫主义相结合的手法，移栽进了自己的阳台。除了获得韭菜的长了剪剪了又长之快感，并满足韭菜炒虾下白酒的口腹之欲以外，五十岁、信奉中医的李亚伟的终极目的就是壮阳。

　　很早以前就听说过韭菜壮阳，为了证实这一说法，也为了日后本人壮阳做准备，我专门去查阅了有关的医书。其中由江苏人民出版社1977年再版的《食物中药与偏方》（叶桔泉编）有韭菜一味：味甘、辛、性温、无毒；含有挥发油及硫化物、蛋白质、脂肪、糖类、维生素B、维生素C等；为振奋性强壮药，有健脾、提神、温暖作用。根、叶捣汁有消炎止痛之功。适用于盗汗、遗尿、尿频、阳痿、遗精、噎膈、反胃、下痢、腹痛、妇女月经病、经漏、带下以及跌打损伤吐血等症。看来韭菜的药力的确宽广而强大。

我个人特别喜欢让韭菜待在皮薄馅大的饺子里，一口咬下去，那股破皮而出的冲香从口腔直达鼻腔，然后进入脑门酥麻神经；其次喜欢韭菜炒鸡蛋。记得小时候家里来了重要客人，母亲才会去街上买来半斤左右的韭菜，洗净切成细末，搅拌进两个鸡蛋打成的蛋液里，加点盐花和料酒，起一个五成热的猪油锅，煎成两面金黄的蛋饼，与白米饭一起入口咀嚼，那也算上世纪六七十年代的幸福啊！

其实韭菜炒鸡蛋在中国古代早就有了，《诗经》上的"维春荐韭卵"、汉代《盐铁论》上的"杨豚韭卵"都是指"韭菜炒蛋"；清代盐商童岳荐的《调鼎集》上共有九款韭菜肴馔，其中就有两款韭菜炒蛋，即"韭菜炒摊蛋皮"和"韭菜芽拌摊蛋皮"。

在古代韭菜的吃法还有很多，宋人林洪的《山家清供》上有一道"柳叶韭"，是用嫩柳叶和韭菜一同炸熟而吃。我估计是把韭菜绞成汁，加入面粉或芡之类的东西调和成浆，然后将柳叶挂糊上浆油炸而成。另外，元朝太医忽思慧的《饮膳正要》上有一道"河西肺"：羊肺一个，韭六斤，取汁；面二斤，打糊；酥油半斤；胡椒二两；生姜汁二合。右件（上件），用盐调和匀，灌肺、煮熟，用汁浇食之。此菜是河西地区少数民族食用的菜肴，由于它在元代的盛行，忽思慧直接把它提拔成了元代的宫廷名菜。我以为，这两道古菜都值得我们当今厨人加以创新和学习。

值得一提的是韭菜生长在温室里的纤柔表妹韭黄，一开始就受到了皇室贵族及白马王子们的喜爱。一道"韭黄肉饺"成了乾隆皇帝御膳单中的宫廷名菜；"春在何处？一叶韭黄"成了诗人苏东坡的自问自答；"新津韭黄天下无，色如鹅黄三尺余"成了诗人陆游画在成都西南部新津县的一幅油画，这同时也成就了川菜的两道名菜"韭黄山鸡卷"和"韭黄炒肉丝"。

苋羹

张爱玲径直走向 / 朱自清的荷塘月色 / 采莲和采荷叶 / 做成丰腴香润的粉蒸肉 / 满口遥远的粉滑 / 味蕾上盛开的酥烂 / 直达味觉的最深处 / 在那里 / 升起江南的晚霞 / 于是我看见 / 苋菜染红的天空下 / 胡兰成的肉欲 / 慢煨着张爱玲的春梦

苋须细摘嫩尖干炒，加虾米或虾仁更佳。不可见汤。

从小就听大人说，苋菜与甲鱼是不能同吃的，还有葱子和蜂蜜、柿子和螃蟹也是不能同吃的。那时对这些食物之间的相克，感到很是神秘，也的确没见过大人们敢去轻易一试的。不过在那些缺肉少油的日子里，几乎不可能拿一只甲鱼这种大滋大补的贵族青年来和苋菜这样的贫民女儿搭配。那时就只有一种吃法，素炒。至于袁老先生提到的"虾米或虾仁"王子，在那时永远只能是苋菜丫头的梦中情人。

　　后来到了成都，一次诗人卢泽明请我到玉林一家小馆吃饭，中间上了一道"粉蒸苋菜"，让我眼前一亮：粉蒸肉吃了那么多，还真没吃过粉蒸苋菜。泽明说：把苋菜拌上现炒的花椒米粉，加入豆腐乳汁、鸭油调和，用猛火蒸熟就成了。

　　对苋菜的向往和痴迷，美女作家张爱玲恐怕要数第一。张爱玲记述她在上海与母亲同住时，常去对街的舅舅家吃饭，而每每母亲会带一份清炒的新鲜苋菜。在张的笔下，这道菜是色彩丰富，性感怡人的："苋菜上市的季节，我总是捧一碗乌油油紫红夹墨绿丝的苋菜，里面一颗颗肥白的蒜瓣染成浅粉红。在天光下过街，像捧着一盆常见的不知名的西洋盆栽，小粉红花，斑斑点点暗红苔绿相同的锯齿边大尖叶子，朱翠离披，不过这花不香，没有热乎乎的苋菜香。"张爱玲对苋菜的把握绝对是美食家级别的，她说："炒苋菜没蒜，简直不值一炒。"蒜瓣在这道江南鲜味中，充当的是小蜜的角色。

与上海的称呼不同，我们老家酉阳把苋菜叫做蔊菜或者天仙米。蔊菜这一说法很古老，《本草纲目》中就说："蔊菜生南地，田园中小炒也。"张对苋菜非常有画面感的这段描述，一下子提起了我的记忆，小时候母亲给我们做苋菜，加了一点醋炒，可以把饭拌得非常红而且香。把米饭染红了吃，对于孩子们来说，很有乐趣，可以增加食欲。

苋菜不仅是美食，还是良药，中医认为它清热解毒，可以收敛止血。记得小时候我拉肚子，母亲就炒醋熘苋菜，加比平常更多的蒜，让我吃，一般吃两顿就好了。清代名医王世雄有部《随息居饮食谱》，是著名的食疗书，其中提到苋菜："补气清热明目，滑胎，利大小肠。"并提到几种做法，蒸苋菜、苋菜汤、烩苋菜等。烩嫩苋菜头的做法是，苋菜头加鸭蛋白、鸡汤烩，味道更是鲜美。书中还讲了一个故事：清代雍乾年的名医徐大椿曾见一人患头风，痛得不得了，两眼都要痛瞎了，到处求医无效。有一天遇见一个乡下人教他用十字路口及屋边的野苋菜煎汤，装在壶内，将两眼就壶口蒸汽熏之，渐至见光，终于复明。这说明苋菜这个东西虽廉价，但确实不可小觑。

苋菜是江南西南一带常见的青菜，川菜、粤菜、淮扬菜都有出名的菜式。比如川菜中有一道"红柿绿苋"，是用酿肉的西红柿配苋菜做汤。粤菜中有一道"蟹蓉烩苋菜"，具体做法是：把苋菜洗净，用热水氽熟，蟹肉洗净，加一点牛奶和蛋清调成蟹

苋菜不仅是美食，还是良药，清热解毒，收敛止血。

蓉，油锅烹入料酒后，下胡椒、盐，下苋菜、蟹蓉、勾芡，同时下牛奶，盛碗后再撒上火腿末成菜。淮扬菜里有一道"胭脂汤丸"：红苋菜煮汤捞起，汤沥清后再用；将苋菜剁细与肉末或鱼末同拌，加芡粉搓成小丸子。苋菜汤放荤油锅中煮沸，遂将小丸子倾入，上下兜转数回，即以瓢兜起上碗，为食客所意想不到之佳馔。这种烹制方法恐怕是给苋菜的最高礼遇了。

苋菜本是野菜，后来才成田园清蔬。野苋菜味道更佳，清人顾仲在《养小录·蔬之属》中提到："灰苋菜，熟食，炒、拌俱可，胜家苋，火证者宜之。"苋菜实际上分红绿两种，清人薛宝成《素食说略》记"苋菜有红、绿两种，以香油炒过，加高汤煨之。"这种做法也很妙，因为先炒再煨更能使之香浓，更凸显苋菜的鲜美。

问政笋丝

雨后 / 春笋如炮弹 / 炸开四月 / 溅起一片片日子的鲜 / 竹子喂养的小孩 / 在烹和调之间玩脆 / 味和道之间耍盐 / 把童年晒成笋干 / 那是竹子孤独的背影 / 活在口味中 / 用玉兰片的芳名 / 迎候热烈的火腿 / 或者深沉的咸肉

问政笋，即杭州笋也。徽州人送者，多是淡笋干，只好泡烂切丝，用鸡肉汤煨用。龚司马取秋油煮笋，烘干上桌，徽人食之，惊为异味。余笑其如梦之方醒也。

小时候喜欢竹子，不仅是它一年四季郁郁葱葱的样子让人欢喜，而且小竹子能做成钓鱼竿，大竹子能用来晾床单、被子、衣服、面条等。特别是从一根大长竹上截一节尺把长的竹子下来，在骨节的中间钻一小孔做成水枪，一次次射出的一两丈远的水柱，打湿了我快乐的童年。长大了喜欢竹子，不仅因为它是梅、兰、竹、菊四君子之一，还有我向往的遥远江湖中的竹林七贤，而且它产生了美食——"江南鲜笋趁鲥鱼，煮烂春风三月初" / "青青竹笋迎船出，白白江鱼入馔来"；更产生了美女——"归来便携手，纤纤竹笋香" / "斜托杏腮青笋嫩，为谁和泪倚阑干？"并且，武侠片中具有武学精神的精彩打斗，往往都是安排在一片竹林之中的。

　　据统计，中国有二百五十多个竹子品种，其大部分的幼芽可供食用，之中运用最多最广的要数毛竹。毛竹又称楠竹，其笋称毛笋，干制的笋片便是著名的玉兰片。按采收季节有冬笋、春笋和夏初至秋的鞭笋之分，其品质以冬笋为第一，春笋为第二，鞭笋为第三。

　　说起鞭笋，其实我一直很想搞懂为什么是鞭子的鞭？！许多时候都让我回想起小时候悬挂在房门背面那根抽人的牛刷条（抽牛马的）鞭子，一旦我和哥哥牟平凡犯错误（诸如学小兵张嘎把邻里的烟囱堵了这些），大人总会怒不可遏地拿牛刷条抽向我们的屁股。这一抽，大人们普遍把它叫做"干笋子炒腊肉"，腊肉即屁股也。

直到今年9月随搜狐美食吃货团去浙江龙游县晓溪村一农家乐的后山上挖鞭笋，才解开了我近半个世纪以来对牛刷条（为什么抽起来那样痛）身世的疑问。这家叫做蓝色天际山庄的农家乐，打开后门便可通向一片清翠竹林的后山。吃货团甫抵山庄，农家乐老板便扛着锄头带我们一行去了后山竹林。老板教我们像探查地雷一样探查着埋在土里的鞭笋，当发现一处土地呈现一道道如闪电般撕开的裂缝，老板很肯定地说，鞭笋就在下面！北京青年报社的段钢兄举起锄头便挖了下去，果然鞭笋出现了，惊奇的是连在鞭笋上、曾经抽过我的牛刷条也出现了。其实牛刷条就是竹子的老根，鞭笋便是夏秋从这老根上发芽、横向生长的，冬天，从老根上纵向生长出来的幼芽，就是我们爱吃的冬笋了。

挖来的这一大堆鞭笋，段钢兄亲自上灶，给我们吃货团做了一道"酸菜煮鞭笋"。我清楚地记得那顿饭我一连舀了三碗米饭，那鲜，那脆，那酸之上的甘柔，令我深深地陶醉！刚从后山挖出来就立马直接下锅，并且用的是后山上流下来的泉水，烧的是柴火灶，灶里燃烧着接地气的竹子叶——在当今什么叫口福？这才叫口福！

我边吃边想，一会儿再去后山挖些鞭笋，和酸菜一起带回北京，一定会让北京的吃货哥们儿黄珂、刘春、陈晓卿、周墙、万夏、张元等也连吃三碗不过岗。当我把这个想法告诉给农家乐老板时，老板说，鞭笋是埋藏在土里生长的，一旦见了阳光就不能过夜了，必须当天吃掉。这让我感到了深深的遗憾。因此，此次回北京，是我十年来第一次去外地却没带回新奇的食材给哥们儿，因为我觉得，除了鞭笋，其他食材都不值得一带了。

关于笋的美好，除了"问政笋丝"，袁老先生还记有"煨三笋"、"玉兰片"、"天目笋"等八款；清人童岳荐编撰的《调鼎集》专门为笋开了专章，呈现给我们几十款笋的做法和吃法。精彩的是，童老师记述了笋的一些鲜为人知的烹法："取笋宜避露，不可见风，不可入水，不可除去外壳。""将笋磕碎入锅煮，用刀切即有铁腥气。""用麻油、姜杀笋毒，滚水下笋，易熟而脆，苦毛笋、龙须笋、有异味者，入薄荷少许即解。"这些都值得我们当今厨人学习。

芋羹

芋儿 / 玉儿 / 我轻轻地叫 / 声音抵达的粉嫩 / 滑糯了想象 / 我一点点地吃 / 舔食触击的细软 / 动摇了口感 / 蒸之上 / 我看见蘸满白糖的养 / 止住了痛 / 愈合成一个谜语 / 三月孤自去 / 八月一起归 / 打起青阳伞 / 牵着娃娃回

　　芋性柔腻，入荤入素俱可。或切碎作鸭羹，或煨肉，或同豆腐加酱水煨。徐兆璜明府家，选小芋子，入嫩鸡煨汤，妙极。惜其制法未传。大抵只用作料，不用水。

近些年来，我对芋儿越来越偏爱，不是人在变老牙口不好，而是受到了某种心理上的驱使。首先，在这几年解读《随园食单》的过程中，我发现，老先生至少有三处提到了芋儿的不同吃法，其中"芋煨白菜"一款，恐怕是目前大江南北的馆子及家庭主妇们模仿得最多的一款家常素菜了。其次，上世纪90年代在重庆、成都极其流行的江湖菜"芋儿烧鸡"，我终于找到了它的祖师爷，即袁老先生的"徐兆璜明府家，选小芋子，入嫩鸡煨汤，妙极"。

最后，我在写《民国吃家》一书时发现，蒋公介石先生如此热爱芋艿，几乎到了无芋不欢的程度，连吃西餐的宋美龄都受到影响。这里有两则小故事：1928年4月，蒋公带新婚的妻子宋美龄到溪口小住。蒋公的发妻毛福梅让家厨做了不少蒋爱吃的家乡菜和点心，送到乐亭蒋宋住处，其中就有鸡汁烤芋艿一款。宋平时多吃西餐，乍一尝到如此乡间的味道，竟胃口大开，赞不绝口。在蒋宋离乡之际，毛还特地让人备了一大麻袋上好的芋艿送给宋美龄。据说，蒋公在重庆时，偶然在德安里寓所附近的拐角处看见有烘山芋的，便叫人买来，大啖了一顿。

令人称奇的是，蒋公家乡奉化有一种特别的以芋儿备荒的方法：在收获芋儿的季节，有些人家将大量芋儿用大锅煮熟，然后捣烂成泥，用来糊墙壁或者制成砖块砌墙，以备饥荒到来所用，也就是说，到时大家饿了可以直接去啃墙壁。

芋艿俗称毛芋，民间又称芋头、芋儿，起源于印度、马来西亚和中国南部等亚热带沼泽湿地，为多年生草本，以球茎供食用。古代多以芋儿作为粮食，《史记》《汉书》等记述了四川沃野芋头很多，可以救饥。明代还有介绍芋儿的《芋经》《芋记》等专著。

由于芋儿质地细软，易于消化，既可做蔬菜，也可代粮食。可煨、烧、煮、烩、烤、炒、拌、蒸，成菜甜咸皆宜，入荤入素均可，是男女老少都喜欢的食物。而给我印象最深的，是前不久跟随京城美食家小宽组织的搜狐美食吃货团，在浙江省龙游县金秋园时尚餐厅吃到的两款以芋儿为主料的美味菜。一款叫"荷叶蒸肉圆"，另一款叫"小葱芋艿"。

"荷叶蒸肉圆"是把五花肉切丁、冬瓜切丁，洗净毛芋捣成泥状，与地瓜粉、盐搅拌均匀，捏成圆子，放入垫有荷叶的竹笼蒸熟而食。这是我平生第一次吃到这样既柔润滑口又弹触口腔的肉圆子。"小葱芋艿"的做法更简单，是将洗净的毛芋蒸熟去皮装盘，浇上葱油、盐、葱花、糖、蒜水、姜水兑成的汁就可以上桌了。这也让我第一次品尝到在葱、蒜、姜、盐这件细花衣裳下，芋儿最本质的粉嫩。

讲究美食和养生的我哥哥牟平凡，常在家里生起一盆木炭火，把芋儿拿来烤起，熟后直接剥皮而吃其本味。今年秋天去成都，在哥哥家吃饭，他不仅特意用炭火烤了芋儿，还专门为重口味的我准备了一碗鲜红喷香的辣椒酱，让我把剥了皮的烤芋头用手拿着直接蘸辣酱吃，当第一口"白与红"进入口腔，我立马感到人间又多了一样美妙的味道。

用芋头不仅仅能做出一道道的美味佳肴，哥哥说还可以用来防病治病。中医认为，芋味甘辛，性凉，可消疬散结，对瘰疬、肿毒、腹中癖块、牛皮癣、烫火伤等症具有一定的疗效。生芋有小毒，具有益健脾、调中气、治淋巴结肿大之功效。外用可消炎、消肿、镇痛，更适宜胃弱、肠胃病、结核病患者和老年人、儿童食用。鲜为人知的是，由于芋头含氟较高，所以具有洁齿、防龋、保护牙齿的作用。

蕨菜

蕨菜很野 / 长在风中 / 山坡之上 / 白云之下 / 口感孤独 / 味道荒凉 / 迫使根伸向粉末 / 插手营养 / 一块块亮晶晶的蕨粑 / 与山里的腊肉野合 / 散发绿色青蒜的快感 / 这时枝叶向鸡汤示嫩 / 做煨状卖萌

用蕨菜不可爱惜，须尽去其枝叶，单取直根，洗净煨烂，再用鸡肉汤煨。必买关东者才肥。

记得上小学的时候，每当春天来临，上军体课的老师总会拿一节课让我们去爬学校后面那座山。下山时，我会采摘一大把蕨薹回家交给母亲烹制。看到餐桌上多了一道新鲜爽口的炝炒蕨薹，就觉得特别有成就感。母亲烹制蕨薹有独到的手法（那时不可能拿鸡汤来煨）：她先将蕨薹用手掐成寸段，边掐边说野生的东西最好不用刀切，沾了铁气就失去了本味；之后下开水锅稍焯，沥干水分；起一个猪油锅，加干辣椒节和几颗花椒炝锅，随即放入蕨薹翻炒，加盐、醪糟汁快炒几铲就起锅了。母亲后来笑着说，二毛啊，虽然蕨薹没花钱，但是所用的猪油可是花了大价钱啦，这种菜油少了不好吃。难怪，蕨薹虽然便宜，但母亲很少买来吃。

　　蕨菜，古称吉祥菜，俗称龙头菜，也称蕨薹、鳖蕨、如意菜等，属蕨类多年生草本植物，多生于潮湿的阴山之地。《本草纲目》记述："蕨处处山间有之，二三月生芽，拳曲，状如小儿拳。长则展开，为凤尾，高三四尺。基茎嫩时采取，以灰汤煮去涎、晒干做蔬，味甘滑。"可见现在对蕨菜"晒干做蔬"的处理，古人早已有之。

　　蕨菜主要分布于热带、亚热带及温带地区向阳的山坡草丛或灌木丛中，但如今举国上下、大江南北的超市几乎都有干蕨菜卖。要把干蕨菜做得好吃，还真不是一件简单容易的事。草根的蕨菜妹妹本身是没有多少味道的，全靠鸡丝、海米、五花肉、火腿等这些有情有义的白领哥哥赋味，而成为名菜鸡丝蕨菜、海米拌蕨菜、蕨菜五花肉、柴把蕨菜等。特别是一道"柴把蕨菜"，一熟火腿哥哥直接把干蕨菜妹妹带入了高格调的婚姻殿堂。其谈情说爱的方式是：将蕨菜沐浴洗净，用温水泡澡涨发，切成4.5厘米长的身段；火腿、冬笋切成4.5厘米长、0.5厘米宽的高帅条；把蕨菜、火腿、冬笋按4:2:1的爱之比例分为若干等份，然后逐个用情的海带丝捆起来，呈百年好合之柴把状；接着把柴把蕨菜按心之形状整齐地排列在蒸碗内；然后加入鸡汤、初恋、盐、酱油、激情、绍酒上蒸笼蒸15分钟取出，翻扣到盘中；恋之汤滗出，入爱巢之炒锅烧开，用湿淀粉勾芡，浇到扣在盘中的柴把蕨菜上，撒上缤纷的香菜即成。

其实蕨菜的好吃，还不仅仅是其嫩叶、嫩芽和嫩茎。把长在地下部分的根挖出来（我认为袁老先生说的"单取直根"应该是指茎部），洗净捣烂后浸泡于水中，让其沉淀成蕨根粉，用来做菜，也是无上的妙品。

2013年初夏，我随北京电视台"食全食美之家乡的味道"剧组去重庆石柱土家族自治县黄水镇拍摄濒临失传的食品及其古法时，遇见了一个叫马桂林的开餐馆的土家小伙子。那天早上正赶上既当老板又当主厨的马桂林背起背篓扛着锄头，出门去太阳湖边上的山坡挖蕨根。他用当天挖来的最新鲜的蕨根所捣磨成的蕨根粉，做成当地最有特色的炒蕨粑、蕨粑炒腊肉、蕨粑炒回锅肉等美味佳肴，来迎接每天到来的新老顾客。

　　小马说他八岁便跟随父亲上山挖蕨根，拿回家磨成粉后卖给收购站，以挣得来年的学费。那天马桂林把挖来的满满一背篓蕨根洗净之后放进石碓窝里，用木槌用力捣烂，然后把捣烂的蕨根浸入水中，使淀粉析出，然后用筲箕过滤其渣质，并让带有淀粉的水汁流入盆中。这时淀粉终于在水中呈现，成为蕨根粉泥，然后放在太阳下翻晒。马桂林说，这是让蕨根粉带上太阳的味道。只见马桂林把晒干的蕨根粉加上米饭、适量的水，揉捏成一团长方体的粉团，然后切成小块投入开水锅中使其成熟，沥干水分待用。接着起了一个菜油锅，加糖炒，然后加熟蕨粑块炒至金黄，再加芝麻、花生末翻炒至香，没等起锅，我便从锅中直接夹了一筷子飞快入嘴，那一刻在口腔里，是要命的香、甜、弹、糯、烫啊！

猪油煮萝卜

在萝卜决意单身之前 / 初恋过猪油 / 盛开过十七岁的蒜苗花 / 之后用炖的姿势 / 缠绵上了猪蹄 / 并用柔糯大秀恩爱 / 之后在红烧舞会上 / 闪电般爱上了牛肉 / 并以香菜之翡翠炫耀 / 这让土豆吃醋 / 嫉恨 / 继而孤独地发芽

用熟猪油炒萝卜，加虾米煨之，以极熟为度。临起，加葱花，色如琥珀。

我从小就喜欢猪油，也喜欢萝卜。我喜欢猪油是从吃猪油炒饭开始的，那油滋滋、亮晶晶、香喷喷的米粒，那塞满口腔的幸福的滋感和触感！而我喜欢萝卜是从吃生萝卜开始的。记得霜降一过，母亲就会从菜市买些一半青皮、一半白皮的那种萝卜回来，带青皮的一半拿来削皮后生吃（脆甜如青梨，好像吃糖哦），带白皮的一半切成片或丝，用猪油先炒，然后加米汤、盐煮熟。虽然没有袁枚老先生的"加虾米煨之"，但母亲会极其智慧地往里加些腌菜末或鲊海椒之类的提味增香，最后撒上一把蒜苗花起锅。这是一道可想而知味道的家常妙菜。

　　我曾专门为猪油写过一篇文章——《猪油之香》（收入《妈妈的柴火灶》一书），里面写到我在北京馋猪油和油渣时，常常去菜市买些猪板油回家熬油，偷嘴吃油渣。不过我现在很少买猪板油了，因为最后我发现北京的猪板油和猪肉一样不也都是三个月出栏的吗？！其猪油的厚度和油渣的香味，都远不如那种喂熟饲料且一年左右才出栏的猪。

　　其实我在去年上半年就开始打主意，一定要从老家农村搞些土猪油来吃，而且必须要新鲜的。于是去年刚立冬那天，我迫不及待地请老家表弟给我快递了二十多斤重的土肥猪板油。收到的当天，我就把板油切块熬成了油渣，我估计熬的时候，香味足足辐射出去好几十米啊！更狠的一招是，当天我请了在京的几个同为猪油爱好者的朋友过来参加我的猪油及油渣之香晚宴。

头菜像吃烤鸭一样，脆油渣蘸甜面酱，和葱丝一起包裹进荷叶饼，然后一口塞进口腔（每人一个）；第二道是用刚熬出来的猪油，配上酱油、白糖、味精、红油辣子、葱花、花生末拌的热面（每人一两）；第三道是鲜小米椒末炒豆豉，然后加入油渣混炒，盖在一碗白米饭上（每人一碗，每碗一两）；第四道是把糯米焖锅煮熟，放些花椒之后挤压成一长方体，然后切成一块一块，放进刚熬出来的猪油起的平锅里，煎成两面黄（每人一块）；第五道是把油渣铡细与红糖拌和成馅，包成大汤圆，煮熟的汤圆外面再滚上一层黄豆粉（把加白糖炒过的黄豆磨成粉），这叫内外发烧（每人一个）。当我叫喊"第六道，油炸蒜苗炒豆干，每人配二两老白酒"时，吃货们直叫唤肚皮装不下了。

我也曾为萝卜写过一篇文章——《当萝卜爱上羊肉》（也收入《妈妈的柴火灶》一书），在里面描述了看似一根孤独光棍的萝卜，其实并不孤单，它与猪肉、牛肉、羊肉甚至一些野肉都曾有过绯闻和一段段缠绵的爱情故事，常常惹得土豆做粉润腴滑状，而最终成为牛肉的小三。有一次，我突发奇想，将萝卜、土豆与牛腩拿来一锅煨炖。之前我想象过它的味道，看争风吃醋的萝卜和土豆谁能更多地获得牛腩赋予的爱汁。结果萝卜和土豆的味道，均不如它们单独与牛腩私混的味道，倒是牛腩获得了一龙戏二凤的绝妙口感。而凉拌萝卜丝是萝卜决意单身之后自食其力的表达，最多是赴宴时带上香菜末这一作为点缀味道的闺蜜。它绝大部分是在冷艳和香脆中度过，不过有时也与龙口粉丝或者海带丝什么的搅和在一起散发出一夜情的味道；与胡萝卜丝在一起则被拌成同性恋的味道。

其实萝卜就是一个大众情人，它不仅能与猪肉、牛肉、羊肉、腊肉合而为一，也能与猪油、牛油、羊油、腊油等融合相处。有一年去河北涿州农村一朋友家买土鸡和土鸡蛋，我们去得很突然，人家来不及给我们准备丰盛的午餐，大嫂就随便用猪油和大葱炒了一盘土鸡蛋。再用剩下来的一块肥羊肉熬成油渣，然后把一大碗萝卜丝倒入羊油和羊油渣中混炒至熟，最后拧一把香菜节撒入起锅。第一口猪油大葱炒鸡蛋和白米饭一同咀嚼下肚，接着第二口羊油渣炒萝卜丝和白米饭又一同咀嚼下肚，我感到了前所未有的吃萝卜丝的快感。

豆腐皮

豆腐皮 / 黄豆的表侄女 / 豆浆的皮肤 / 豆腐的瘦肉 / 在汤里 / 与小白菜柔软 / 韧弹至爱 / 那是放浪的鲜 / 麻辣火锅中的妹妹 / 在香和艳之间 / 上下滑嫩

　　将腐皮泡软，加秋油、醋、虾米拌之，宜于夏日。蒋侍郎家，入海参用，颇妙。加紫菜、虾肉做汤亦相宜。或用蘑菇、笋煨清汤亦佳，以烂为度。芜湖敬修和尚，将腐皮卷筒切段，油中微炙，入蘑菇煨烂，极佳。不可加鸡汤。

记得小时候一次遍身长疮，奇痒难忍。母亲把豆腐皮烧存性，然后用石臼研成细末，放进一只碗里，加些香油一边调和一边涂抹在我身上，每天早晚各涂抹一次，两三天后竟然就慢慢好了。还有一次是我患上了肺热咳嗽，母亲就用豆腐皮加冰糖煮熟了给我吃，也是吃了两三天就不咳了。那时觉得，太不打眼的豆腐皮真神奇。长大了才知道，豆腐皮不仅清肺热、止咳、消痰，还养胃解毒。

在那些缺肉少油的年代，母亲常用豆腐皮煮白菜为我们解馋。所谓解馋，是指母亲做出来的豆腐皮既柔软又韧弹，油花再放多一点，就接近于吃肉的口感啦。每年春节的时候，母亲会用豆腐皮和猪肉来做一道叫做"虎皮肉"的过年菜，这道上档次的豆腐皮菜，至今让我难以忘怀。为此我产生了把这道菜拿来和大家分享的念头。

记得母亲叫我把一斤左右的猪肉剁成茸，然后和一个鸡蛋、姜末、葱花、淀粉、精盐、酱油混合调拌均匀成馅；母亲则把用水浇过使其变软的整张豆腐皮摊开，抹上水淀粉，再将馅铺上，约四分厚，然后用刀划成四寸长、三寸宽的小块；接着母亲将划好的小块下热油中炸五分钟左右，捞出沥去油，再切成小块，扣入碗内，有豆腐皮的那一面朝上，上蒸锅蒸透；最后取出，加入放了盐的炖鸡汤就可以上桌了。写到这里，仿佛那碗肉酥香、味鲜美、表面似虎皮的热气腾腾的"虎皮肉"，又从那遥远的上世纪70年代端了过来。

其实用腐皮做菜的种类很多。仅就拌腐皮而言，除了袁老先生的"虾米拌腐皮"以外，还有东北风味的"肉丝拌腐皮"、扬州风味的"榨菜拌腐皮"等。

我也曾试着做过"海蜇拌腐皮"（香醋味）、"鸡丝拌腐皮丝"（红油味）、"胡萝卜丝拌腐皮"（香油味）等家常拌菜，还很受吃货们的欢迎。

有一年去福建泉州采风又采菜，当地诗人兼吃货朋友阿太为我专门做了一道他的拿手私房菜——"阿太蟹卷"。只见阿太把四五斤梭子蟹洗净，放入加有少量清水的锅中煮熟，然后一个个剥出蟹黄、蟹肉（剥时我就闻到了一股鲜香）；然后把半斤左右的猪五花肉及荸荠、葱头切成细丝；接着把两个鸭蛋打散，加入蟹黄、蟹肉、五花肉丝、荸荠丝、干淀粉、饼干粉、精盐、味精、少许水，拌和成黏糊糊；这时阿太才把发软的豆腐皮铺于案板上，放入黏糊糊摊成七分宽的长条，把豆腐皮卷成卷，排于盘中；接着阿太起了一个六成油热的花生油锅，分次下入豆腐皮卷炸四分钟左右，将熟时，阿太加大了火力催酥至熟，然后捞出，切成一寸长的块。阿太说趁热佐以香醋、辣酱、香菜，就可以下酒了。

当伴随着咔嚓一声我第一口咬下去，那口感和鼻感喷出的皮酥里嫩以及鲜美蟹味兼有的蛋肉、饼干等多种味道，差点就把我香晕了过去。此菜阿太让我开眼界的，一是用鸭蛋而不是鸡蛋，二是用了我们平时当零食吃的饼干。

用豆腐皮做菜，全国各菜系几乎都有风味名菜。浙江有"干炸响铃"；淮扬有"鲜豆腐皮炒青蟹肉"；广西有"凤凰金钱牛"；福建有"鱼茸卷"；而河南最多，有"虎皮卷"、"炸虎皮虾包"、"腐皮烩腰丁"、"烧豆腐皮"、"熏鸡烩腐皮"等。

其实在众多豆腐皮做的菜里，最多的还是来自寺庙的仿荤菜，比如福建普陀寺的"冬菜鸭"、"糖醋排骨"；杭州灵隐寺的"炸熘黄鱼"、"炸黄雀"；功德林的"功德火腿"、"脆皮烧鸭"、"鸳鸯鸡卷"等。这些用豆腐皮做的名素菜，正如我们袁枚老先生所赞赏的，"芜湖敬修和尚，将腐皮卷筒切段，油中微炙，入蘑菇煨烂，极佳"。

小菜单

酸菜

我看见初恋的冬菜心 / 被一遍粉红所风干 / 厨者正加细嫩之词微腌 / 然后加糖、蜜月、醋、热吻、芥、带卤入依偎之中 / 当盛大的宴席醉云饱雨 / 青脆的酸菜开始解酒解腻

　　冬菜心风干，微腌，加糖、醋、芥末。带卤入罐中，微加秋油亦可。席间醉饱之余食之，醒脾解酒。

在他乡几十年，最能让人想起的便是家乡的美食，而这些美食中最让人日夜思念的往往是那一坛一坛的腌菜。每到冬天来临之时，我的家乡大西南边远山区的菜市上，总能看见木桶装着的酸菜，黄亮黄亮的，飘着清酸之香。酸菜一般论斤两卖，主妇们往往伸出胖乎乎的被冻得白里透红的双手，挑选出色相好且柄叶宽大肥厚的酸菜，然后像拧毛巾一样，拧出酸菜里的泡菜水再过秤。

家乡的酸菜由青菜（芥菜的一种）腌制而成，与北方熟渍酸菜的方法有些类似，但不撒盐；与川西平原的泡制法就大不相同了。川西平原的做法是将青菜洗净晾干之后，直接放入泡菜坛子，长时间（多为周年以上）泡制而成。家乡的做法则是将青菜洗净，入沸水锅氽水捞出，放进大木桶或木盆里，然后去加工豆腐的地方提一桶滚烫的膏水（用石膏点出的豆腐水），倒入木桶，每天加一次。在冬季一般只需五至七天便可发酵成熟烹制上桌了。

中国做酸菜的历史由来已久。传说周文王和孔子都是酸菜的爱好者，北魏贾思勰在《齐民要术》中说的"菘咸菹法"，就是用白菜渍成酸菜较早的文字记载。诗人龚自珍曾写过一首诗："杭州梅舌酸复甜，有笋名曰虎爪尖。笔以苏州小橄榄，可敌北方冬菘腌。"其中"北方冬菘腌"就是北方的酸菜，说明酸菜的名气在清朝的时候就很大了。

袁枚写到的酸菜，用浙江杭州、台州产的仿冬菜即卷心菜为原料做成，其腌制发酵方法与京冬菜、津冬菜、川冬菜基本相似，只是所加的调味料不同。童岳荐编撰的《调鼎集》中收有一款酸菜："冬菜心微腌，加糖、醋、芥末，带卤入坛中，微加酱油亦可。又用整白菜下滚水一焯，不可太熟取起，先用时收贮，有煮熟面汤，其味至酸，将焯菜装坛，面汤灌之，淹密为度，十日可用。若无面汤，以饭汤做酸亦可。又将白菜披开、切断，入滚水一焯，取起，要取得快才好，即刻入坛，用焯菜之水灌下，随手将坛口封固，勿令泄气，次日可开用，菜既酸、脆，汁亦不浑。"此款酸菜的做法发扬光大了袁老先生那款酸菜的做法，并沿用至今。

　　有一年春天，诗人李亚伟（与我同乡）从成都打电话来问我酸菜的做法。我说当前的主要任务是，你必须找到一家专门卖豆腐的店子，然后像讨口子（方言，乞丐）一样向老板讨要膏水。想忆苦思甜的话豆腐渣也可以同时讨要。至于用什么菜来做，我说若没有青菜，用大白菜、小白菜、萝卜缨、飘儿白等来做都可以，关键是要膏水。事后我想，成都有那么多美女和荤东西，如今突然想吃素得不能再素的酸菜，他是不是活得太油腻了哦。

　　在家乡，酸菜有许多种吃法，最常见的是"炝炒酸菜"，即把酸菜切成细末，用力挤干水汁，在净锅里炒干水分起锅待用。放少许菜油，六成热时，放干辣椒节炸成偷油婆（方言，蟑螂）

冬天来临，山区但见木桶装酸菜隆重登场。

背颜色，旋即放入酸菜快炒，出香味时，加盐、少许味精、葱，起锅而成。那酸香、辣脆、爽口，舀一瓢盖在一大碗刚从甑子蒸出来的白米饭上，稀里呼噜猛扒几口，塞满口咀嚼，快乐下咽，好吃得像卵形（方言，好吃极了），纵使有多少肥、多少腻和多少恨都统统给你一解而光。

家乡有一位江湖上人称昌哥的兄弟，是县城里屈指可数的红白喜事总管。人矮小但结实地挺着啤酒肚皮，以至于一哥们儿建议他在自己的肚皮上钉上一颗钉子，把下身要垮不垮的裤子提上去挂在钉子上。昌哥能吃善喝且做得一手上好的酸菜，除了"炝炒酸菜"外，他的拿手菜还有"酸菜炒肉丝"、"酸菜炖老鸭"、"酸菜酥肉汤"、"酸菜红豆汤"以及"酸菜炒饭"等等。特别是香脆爽口的"酸菜炒饭"，正如袁老先生所说的，常常会让你酒足之后，还想饭饱。说实在的，在上世纪80年代，我从他那里偷到过不少做菜的绝活。

酸菜虽贫贱，但家乡的酸菜在当地是能登大雅之堂的，年夜饭上的最后一道一般都是解腻开胃的酸菜。在红白喜事的席面上，酸菜也为必上之菜。迄今为止，家乡农村的人家都还有在春节来临之前自己做酸菜的习惯，并常作为礼物相互登门赠送。

大头菜

太阳下 / 我看见母亲把绿色的大头菜 / 扎成一个又一个的小捆 / 挂在了晾衣竿上 / 那是上世纪60年代的某一天 / 母亲把菜头切十字刀放进箅箕 / 把粗盐、花椒、红糖和爱 / 撒在菜头上揉搓进味 / 然后腌进我密封的童年 / 在梦的最深处发酵出幽香

　　大头菜出南京承恩寺，愈陈愈佳。入荤菜中，最能发鲜。

最让我想不到的是一代美食大家袁枚老先生，竟然把大头菜这种贫下中农吃的东西，收入《随园食单》，并且深刻地指出，大头菜越陈越香，与资产阶级的荤东西搭配最鲜。看来袁老先生喜欢大头菜这一口无疑。

前不久《万象》杂志执行主编刘一秀兄一行，从沈阳来到北京天下盐餐厅吃饭，我作陪。吃到一道"酸盐菜蒸扣肉"时，一秀兄突然提到：好久好久没吃到过大头菜了，小时候母亲做的大头菜汤，那股醇厚中带点酸的清香，好几次在梦里都想那一口。我顿时感到找到了一个真正知味的人，不是对山珍海味的共同赞美，而是对民间几近失传的大头菜的相同感悟。我当即表态一定给他搞到这一口，并打电话请我妹妹牟鸿燕从大西南的武陵山区快递大头菜到沈阳，以解一秀兄相思成痴的那一馋。

大头菜，身份证名为芜菁，浑名有芥疙瘩、玉根、水苏等，是原产于我国的特产菜之一，属十字花科。举国上下皆有种植，多用作腌制菜品，各地的腌制方法各有不同，其味道也差别很大。我记得母亲是这样做的：将大捆大头菜去老黄叶并削去根尖，洗净沥干；每五至六棵菜的叶片用细绳扎成一小捆，挂在晾衣竿上晾干；晒到只剩三分之一重量时，解开细绳，把菜头切十字刀成四瓣，但菜头顶端仍应连在一起，放进簸箕里；然后用炒过的粗盐和花椒及红糖撒在大头菜上揉搓进味；把每棵大头菜的菜叶分别打结成小团放入坛内层层摁实，上面用干包谷壳压紧，再用竹篾条沿坛一圈圈地圈紧之后，倒扣进盛有水的盆子里密封（盆里水下降时应立即补充水分）。

一个月以后开坛取菜的那一刻，邻居便开始嘀咕（那时几家人的厨房往往只隔一层相互通风透气的木板壁）：是哪家的大头菜好香哦！接下来母亲把大头菜切成片，先把半斤左右的肥瘦肉生炒出油，放干辣椒节炒至咖啡色时，下大头菜翻炒至香，再加蒜苗节炒至香上加香起锅。这时，又从隔壁传来叫喊声：毛老把（我母亲的浑名）你是炒的哪样哦？你让我们流口水把脚背都打肿了呢！

记得当时我就守在灶旁边，不时假装给母亲添柴烧水，眼睛却从来没离开过锅里的嘎嘎（肉），一边吞口水心里一边想，今晚一定要拿一个大碗吃饭！以后我也学着母亲的做法做这道大头菜炒肉片下饭，特别是前一天喝醉酒了，第二天什么都不想吃的时候，此菜定能给你的胃口打开，并保证你迅速送下半斤的白米饭。

有意思的是，有一次回成都，由《成都晚报》副刊主编卢泽明兄弟开车，与画家春晓及《四川烹饪》杂志编辑周思君一道，除了在成都的大街小巷到处寻找好吃的包子以外，也到处找那种夹大头菜的锅魁（许多店只卖夹卤肉、肺片等荤菜的锅魁）。当坐在车上想起那热腾腾的锅魁夹着红艳艳辣乎乎的大头菜时，口水就牵起线线地流了出来。结果我们打包了一大堆包子和大头菜锅魁，大家实在忍不住在车上便吃了起来，只见我们开车的卢老师用余光不停地瞄着我们，同时其喉结也上下蠕动个不停。

以前我从未见过大头菜登过大雅之堂，直到有一次在一高档会所吃到"鲍鱼丝炒大头菜丝"。我由此感慨贫下中农的大头菜女儿，如今终于高攀上了资本家的鲍鱼公子，从而实现了烹饪面前食材平等！其实两百多年前袁老先生就让低贱的大头菜和燕窝、鲍鱼、鱼翅等这些高贵之物在《随园食单》中平等了。根据袁老先生"入荤菜中，最能发鲜"的指示，我曾用大头菜煮过肉圆汤：先将大头菜切片和姜、葱节一起入油锅炒香，加水煮出大头菜的咸酸鲜味，加点糖和胡椒粉，然后捏肉圆下锅煮熟（肉末里加醪糟汁及姜米和葱末），盛进瓷钵后撒一把葱花就可以上桌了。我敢说这是我做的所有肉圆菜中最下酒下饭的，特别是用最后剩下的一口饭再泡半碗汤呼噜下肚，那一刻我不知道人生是否还有比这更完美结局的了？！

腌蛋

在午刻切开一只咸蛋 / 如同分开上午和下午 / 白雪中的红日 / 在上午
耀眼 / 在下午沙酥 / 袁枚企望高文端那双筷子 / 夹给他那只流油的 /
红艳非凡的那一口 / 用一生去张着嘴 / 用一辈子去问高邮

　　腌蛋以高邮为佳，颜色红而油多。高文端公最喜食之。席间先夹
取以敬客。放盘中，总宜切开带壳，黄白兼用；不可存黄去白，使味不
全，油亦走散。

端午节的到来，让我怀念起母亲做的碱水粽子，更怀念放在粽子锅里一起煮的盐蛋（咸鸭蛋）。因为粽叶的那种清香浸入盐蛋之中，比用清水煮出的盐蛋更难忘。母亲做盐蛋的方法简单而又别致：鸭蛋四十只洗净，轻轻装入坛内；本地老荫茶、大料、花椒适量，用水五六斤煮出香味，加粗盐一斤，旺火烧开，加白酒一两，冰糖少许，做成料水；待料水冷却后，倒入坛内，以淹过蛋面为宜。密封二十天左右便可食用。但从母亲密封坛口的那一刻起，每顿饭我都在想如玉蛋白中柔红油艳的那一口。母亲说，要使盐蛋蛋黄流油起酥，关键是加入的那杯白酒。可那时的那杯白酒是非常贵重的啊！

　　以后我用母亲的方法腌制过鸭蛋，还腌制过鸡蛋、鹅蛋和鹌鹑蛋。结果发现咸鸡蛋比咸鸭蛋更鲜、细、嫩、松、沙、油、香。有一年在成都腌蛋，我突发奇想将大把二荆条海椒及茂汶花椒扔进料水中文火慢煮两小时，冷却后，用这种汤料密封浸泡出的"麻辣鲜鸭蛋"是我平生创制的最得意的菜品之一，那油沙之中的麻辣鲜香是我近半个世纪以来闻所未闻的。

　　盐蛋又称为咸太平、千年蛋、咸蛋、腌蛋等，多以鸭蛋腌制而成。其传统腌制方法有泥包、灰包、水浸三种。在北京，有一次嘴馋得不行，想吃家乡味的盐蛋了，我就采用了一种简便而快捷的腌蛋法：将五十个鸭蛋洗净，一个个浸入白酒，然后一个个裹满椒盐（炒制过的花椒和盐）装入塑料袋密封（多套几层），放在阴凉处两周就可开袋煮熟吃了。蛋白依然细嫩如玉，蛋黄依然油沙红艳，不妨一试。

老家酉阳的夏琳哥哥和我相交三十年，他喜欢吃盐蛋，并创过一口气吃十个盐蛋的纪录。他做盐蛋有祖传秘方：若要吃红心蛋，就需用盐巴、白酒、柴灰、茶汁混搅成浓汁，然后鸭蛋一个个黏浓汁入坛封口；若要吃黑心蛋则将上次腌蛋脱落的灰拌进下次腌蛋的混合液内即可。夏哥还说，清明前腌制蛋才不空头；望日或午刻腌制则蛋黄居中，否则偏歪。

腌蛋这个东西大江南北都有制作，但最有名的要数高邮腌蛋，高邮咸蛋中最具特色的则是双黄咸蛋。前不久去云南大学举办"饮食的装置艺术和行为艺术"讲座，当我讲到在恋爱中，将红心蛋、黑心蛋、偏心蛋、二心蛋（双黄蛋）搬上桌，向对方表达不同的爱和恨时，同学们报以雷雨般的掌声。

其实盐蛋的吃法不仅仅是煮熟切开即食。母亲将四个熟盐蛋黄（蛋白切成小月牙待用）和一块豆腐分别压碎成泥，锅内放猪油，五成热时，保持小火，先下豆腐泥反复翻炒；然后加盐、胡椒面炒，再加盐蛋黄泥炒匀，勾水淀粉（加点酱油、白糖、几滴醋和料酒拌匀）起锅即成。此菜能与"蟹黄豆腐"媲美。母亲接着把辣青椒切丝，起一个五成热的菜油锅，将青辣椒炒香，放入月牙形蛋白轻炒数下，什么作料都不要放，随一股鲜辣香起锅装盘上桌。趁热夹两丝青椒和一月牙蛋白同时入口，接着扒一大口白米饭塞满口腔细嚼慢咽，我的老天，香啊！受母亲的影响，我在"青椒炒咸蛋白"中加入了猪油渣和几颗臭豆豉，使得"咸蛋白炒油渣"成了伟大的下饭菜之一。民间有大量用咸鸭蛋做成的奇菜：咸蛋蒸臭豆腐、咸蛋芥菜汤、咸蛋蒸鲜蛋、咸蛋黄炒茄子、咸蛋蒸肉末、咸蛋黄炒豇豆等，值得当今厨人借鉴和学习。

久住北京，吃腻了菜市那种咸鸭蛋（太咸而且不新鲜），于是到处打听重庆老家哪里的盐蛋好吃，并托朋友快递到北京——品尝。结果秀山县的作家兄弟吴加敏、陆梦飞快递过来的用灰包法制成的母氏砂心盐蛋最对胃口。由于咸蛋中钠的含量较高，故每次不可多食。不过前几日偶然翻到福建《中医验方》中有咸蛋治牙痛的一方子："咸鸭蛋两只，韭菜90克，食盐9克。将上药放砂锅内同煮，空心服。不论风寒或风火引起之牙痛，均可服用。"不知此方灵否，试一试就知道了。

乳腐

当豆腐辉煌时 / 和肉或荤东西厮混 / 常起一个油锅 / 表达两面金黄 / 当豆腐堕落时 / 先长毛成为朋克 / 然后在味道的极深处 / 化为腐乳 / 于是我看见豆腐的两个极端 / 一端时尚的相拥鲍鱼 / 另一端传统的靠近馒头

　　乳腐，以苏州温将军庙前者为佳，黑色而味鲜。有干、湿二种。有虾子腐亦鲜，微嫌腥耳。广西白乳腐最佳。王府官家制亦妙。

袁老先生把乳腐（霉豆腐）这种小玩意儿收入《随园食单》，其实是意料中的事。豆腐乳这个东西大多数人都喜欢，特别是在那些缺肉少油的年月，全靠豆腐乳顺饭。我认为天生就喜好豆腐乳这一口的，才算一个完整的食家，否则最多算一个吃货。

　　我小时候体弱多病，隔三岔五会得一场重病。病重时，什么都不想吃，也什么都吃不下。母亲常暗自流泪，担心我是一条捡不起的命。于是在那些脸色苍白、气若游丝的时日，母亲就给我熬柔烂的白米稀饭，拌入霉豆腐汁水，一调羹一调羹地喂我，竟然打开了我的胃口，为我的生命带来了曙光。之后，我疯狂地迷恋上了它，无论走到哪儿，每顿饭都要有它。在我的办公室里，最多时存有近十款霉豆腐，拌热气腾腾的大米饭，下松泡绵软的大白馒头，就金黄稀烂的小米粥。有时我不在，来餐厅吃饭的老朋友直接跟服务员说：把你们老板二毛的私房霉豆腐搞点来吃！

　　这些霉豆腐分别来自成都、重庆、湖南、贵州、上海及广西等地，多数是朋友家自己做的，有干的，有带汁的；有红的，有白的；有菜叶包着的，有裹海椒面的。那种裹海椒面的，其海椒面是在柴火红灰里炮制后用手搓出来，是我的最爱。带汁的裹煳海椒面的霉豆腐，我觉得酉阳建华厂老侯家做的最好，入口柔润细腻，那股煳辣鲜香像是从原始社会飘过来的。前段时间我又托人带信，请老侯多做些"侯氏霉豆腐"，用小瓶装上几十瓶，到时分送给朋友们。

霉豆腐因用豆腐生霉发酵而得名，属豆腐的"朋克"形式。又称腐乳或红方，爱得不行的时候，我也叫它方方或乳乳。我国原产，明代开始生产食用，清朝时已被列为贡品，各地均产。其品种有红腐乳、青腐乳、白腐乳、玫瑰腐乳、黄酱腐乳、油方腐乳等。著名品牌有上海的奉贤腐乳、四川的夹江牌豆腐乳、吉林的姜汁红腐乳、浙江的绍兴腐乳、湖南的金花腐乳、北京的王致和臭腐乳等。在这些鲜美的霉豆腐面前，就是一副副厌食多年的铁胃都可以统统打开。

　　虽然霉豆腐品种不同，但其发酵、长毛、蘸盐、浸酒等工序基本一致，不同的只是发酵的温度、湿度、作料及某些操作方式。有一年春节，我回黔江老家，正遇上表姐周立萍做霉豆腐。我暗自庆幸获得了一个学习的机会，因为此前我没看到过母亲怎么做霉豆腐。

　　只见表姐把压得特别紧实的那种老豆腐切成小方块，然后一块块放进铺有稻草的纸箱里，铺一层稻草放一层豆腐块，直至铺上数层。表姐说，之后要在15℃左右的温室内让其发酵（冬天可用旧棉絮包起来），长出一种白丝菌。果然，十天以后豆腐上长出半寸长的白毛（在徽州，这种长毛的豆腐，到此就可以下油锅而成为著名的徽州毛豆腐了）。表姐把长毛的豆腐块捡入盛有白酒的盆中浸泡，再一块块放进盛有海椒面、花椒面及盐的盘子里蘸裹，最后放进瓷坛密封，密封十天半月就可以开坛吃了。

真正好吃的霉豆腐，表姐说关键在于铺垫豆腐的稻草，因为稻草保温保湿，能充分让豆腐发酵长毛，并且稻草还有稻香和太阳的味道。

　　霉豆腐不仅开胃下饭，而且很早就成为做菜的调味料了。大家都爱吃的粉蒸肉，无论是四川风味的还是江苏风味的，其中一种重要调味料就是霉豆腐。近年来南方多有用腐乳调味的新菜出现，比如腐乳爆玉笋、玫瑰腐乳爆墨鱼花、芹香腐乳烧牛脊髓、红糟腐乳鸡肝等。不过令我最难忘的是自己偶然做出的猪肚煨竹笋，在猪肚、竹笋、清水中加点料酒、糖、姜、几滴香醋、几颗花椒，不加盐煨成白味的，然后蘸白腐乳椒麻汁吃（白腐乳与汁1:1搅匀成酱再和川式辣椒泥、酱油、味精、香油、原汤调匀），柔弹的肚条先入口，接着嚼响脆嫩的笋条，我的香肚乖乖，在口腔中的那幸福一刻，只有亲爱的霉豆腐能够般配你啊！

冬芥

红 / 在雪中 / 一点点 / 如同甘 / 在味中 / 开遍 / 无边无际的汤 / 荡漾成 / 雪里红的酒窝 / 盛满红颜 / 那是烹调的妹妹 / 在脆嫩中 / 给笋子做妾 / 又在滋润里 / 成了肉的情人

冬芥，名"雪里红"。一法整腌，以淡为佳；一法取心风干，斩碎，腌入瓶中。熟后，杂鱼羹中，极鲜。或用醋煨，入锅中作辣菜亦可。煮鳗、煮鲫鱼最佳。

让我认识雪里红（蕻）的，首先是"雪里红"这个诗一般的名字。这名字，仿佛是从上世纪六七十年代电线杆上的广播中，阶梯诗般传来（配乐诗朗诵《理想之歌》）："红日／白雪／蓝天／乘东风／飞来报春的群雁……因此还没口感到雪里红之前／我已爱上了雪里那红。"

我们老家只有盐菜而没有雪里红。所以我最早知道用雪里红做的一道名菜，是二十年前翻看《金瓶梅词话》时，在第七十五回发现有一款叫春不老炒冬笋的菜，也就是雪里红炒冬笋。这是大吃货西门庆与如意儿那夜苟合之前，用来下红葡萄酒的几道催情菜之一。此菜的做法很简单：先起一个五成热的素油锅，然后把切成细末的雪里红炒香之后，加入焯过水（沥干水分）的冬笋片翻炒入味，就可以起锅下酒下饭了。

雪里红为十字花科芥菜中的小叶芥菜，是中国的特产，应季从冬日到来年春日。因含有冲鼻螫口的芥子，故宜采取盐腌的方法，使其释放出雪里红特有的鲜香。去菜市，一般会看见两种雪里红：一种泛黄的，一种青色的。泛黄的那种是在密封的缸中经过较长时间乳酸发酵的，适合于做汤和赋味；青色的那种是没有经过密封发酵的，适合于炒菜。

袁老先生在《随园食单》中除记有"冬芥"外，还有一款"香干菜"："春芥心风干，取梗淡腌，晒干，加酒、加糖、加秋油，拌后再加蒸之，风干入瓶。"这有点霉干菜的意思。但不论是"冬芥"还是"春芥",袁老师都坚持要腌入瓶中经乳酸发酵,因为这样做出来的菜才鲜。

在北京,当我怀念起家乡的盐菜时(用芥菜类的一种箭杆青菜腌制而成),常用雪里红来替代,以填补想得要命的那一口。比如盐菜鸡蛋炒饭、盐菜肉末面、盐菜炒回锅肉、盐菜煮黄辣丁等,我分别用雪里红替代做成:雪里红鸡蛋炒饭、雪里红肉末面、雪里红炒回锅肉、雪里红煮黄辣丁等。虽然达不到家乡盐菜的那种厚实醇香的味道,也算是解了我一大半的乡愁。

去年冬天到上海,住诗人默默家。默哥是个夜猫子,一般都是下午两三点钟才起床。有一天早上起来,我要赶中午回北京的飞机,就想先做点什么东西填填肚子。于是打开冰箱,里面只有鸡蛋、姜、葱和面条,还好在冰箱的一个角落里找到了一小包雪里红末。我立马同时起了两口锅,一口锅烧水煮面,另一口锅先炒两个鸡蛋捞起,再放油炒香雪里红加水煮沸,加盐、姜米、炒鸡蛋,旋即加入另一口锅里煮到七八成熟的面条煮至熟,加葱花起锅,倒入一大碗。我呼噜呼噜地边吃边想隔壁睡梦中的默哥,有没有可能闻到这股香气而在梦中流出口水呢?!

在我的美食生涯中,我认为雪里红红儿跟黄鱼帅哥才是天造地设的一对,尽管袁老先生曾竭力怂恿红儿嫁给鳗或鲫。当一道宁波"大汤黄鱼"让你口腔的全部味蕾瞬间猝放时,你才会真正品尝到这两种如同男女的食物,在搭配交融中爱的味道。有一年，与诗人海波到宁波，早上吃了一碗至今让我回味都还流口水的大汤黄鱼面，一碗刚出水的黄鱼和宁波湾头所产的雪里红相拥着面条儿女的幸福。

雪里红啊雪里红，你如村姑般心甘情愿做着配菜，默默无闻地把内心的味道无私奉献出来，像"炒雪冬"、"雪菜山鸡片"、"雪菜包子"、"大汤黄鱼"、"雪里红烧茭白"、"象牙雪笋"、"雪里红炒豆渣"，等等，都是中国的名菜名点。你不仅能与高贵的"象牙"们香脆地在一起，而且也能和卑贱的豆腐渣酥松地厮守一辈子。这时，你大可以骄傲地说：我的名字叫红！

牛首腐干

豆干 / 是豆腐做的一个春梦 / 金黄的挺 / 口腔中柔韧的弹 / 常与芹菜偷情 / 约茭白私混 / 在江湖中和花生米成为闺蜜 / 那是相依为命的味道 / 生为白酒而生 / 死为白酒而死

　　豆腐干以牛首僧制者为佳。但山下卖此物者有七家，惟晓堂和尚家所制方妙。

2013年10月23日，霜降，老家酉阳龚滩古镇夏家院子的表弟夏平打电话来说：二哥，天气冷下来了，再给你做些豆腐干吧。他话音刚落，我脑海里立马浮现出那一方块一方块金黄而富有弹性的豆干，咬下去的一刹那幸福的柔韧，顿时清口水充满了我的口腔。每年冬天来临之际（冬天宜于制作、运输和保存豆干），表弟夏平都要专门为我赶制一批豆腐干寄往京城，然后我拿出来跟吃货朋友们分享。品尝之后，大家都觉得从来没吃到过这样既香又有口感的豆腐干。我知道大家没有恭维和夸张，就像豆干的本身不含水分。

　　乌江边上紧邻贵州沿河山区的龚滩古镇，迄今为止家家户户饮用的都是山泉之水。由于依山而居，多是上坡下坎，上世纪80年代以前的饮用水，都是靠背（用的是像背篓一样的木桶，配有中途歇气时垫桶的打杵），现在已用管道引向各家各户。正是这一股股没有被污染的山泉之水，造就了当地豆腐的细腻和嫩白，再加上豆味十足、细小圆滑的本地黄豆（种植黄豆的山地土壤也没有被污染过），使豆干的口感妙不可言。

　　表弟独到的做法是：将豆腐切成长方块，放入有山奈、八角、花椒、桂皮、草果、陈皮等香料的盐水中煮透；熄火之后浸泡两小时，之后燃火再煮一小时；然后迅速沥干水分，趁热埋入柴火灰里七天七夜（吸收水分并发酵）；再之后捞出擦净柴灰，在炭火上烤至金黄；经徐徐霜风吹上一天一夜之后，就可以拿来下酒了。京城大吃货黄珂、陈晓卿、张元、刘春、万夏、高群书、张一白、小宽、周墙等，都曾为之赞不绝口。

其实豆干与花生米一样，都是中国菜中最江湖的菜肴之一，生为白酒而生，死为白酒而死。如果花生是白酒的小女朋友，那么豆干就是白酒回味无穷的红颜知己。我发现，豆干和花生米姐妹俩还常常同时出现在老白干身边，这完全是在不断应验硬汉金圣叹的说法嘛：豆干和花生米一起入口，有那么一腿（火腿）的味道。

这里我要给大家介绍豆干和花生米如何与老白干有圆满一腿的一种技法：

1. 豆干切成小丁；
2. 青椒去籽切成小丁，用热花生油泡过，沥去油；
3. 烧热油，下裸花生米（去皮的），用中温花生油炸呈金黄色，取出沥去油分；
4. 豆腐干丁、炸花生米、过油青椒丁放在盘中；
5. 酱油、麻油、醋、盐等放在一起调好，浇在盘中食品上即成。此法不妨一试。

豆干这东西，始见于明代宋诩的《宋氏养生部》，据书中所记"豆腐……欲熏晒，惟压实，以充所需"，说明当时已开始制作熏豆干。明代吴敬梓的《儒林外史》中，不少回目提及豆腐干，如第二十二回的"芦蒿炒豆腐干"，第五十五回提及当时名产"牛首豆腐干"，这正是袁老先生所说的，"豆腐干以牛首僧制者为佳"。看来吃货们英雄所见略同。

在中国各地的城市中，几乎都有一款具有当地特色的豆干。著名的有：安徽"采石矶茶干"、铜陵"大通茶干"；湖南平江"长寿五香酱干"；广东大埔"三河坝豆腐干"；江西"会昌酱干"；浙江宁波"楼茂记香干"；江苏"苏州卤干"；福建"长汀豆腐干"；四川南溪"五香豆腐干"；重庆武隆"羊角豆干"，等等。这些名豆干基本分布在中国八大菜系的地域之内。

需要说明的，真正美味的豆干，一定不是工业化量产，加入防腐剂，装入塑料袋的那种豆干。我以为，美味的豆干在当地，当地的豆干在民间，民间的豆干在家庭。正如夏平表弟的那种现做现吃的豆干，让53°的老白酒一年四季都在思念着。

诗意的海蜇

看海蜇的／滑亮／听海蜇的／清脆／醋的小意思／表达了口感／宜拌／
海蜇在酸和甜的中间／炫耀水晶／咸和鲜夹住的爽／破味道而出

　　用嫩海蜇，甜酒浸之，颇有风味。其光者名为"白皮"，作丝，
酒、醋同拌。

2014年8月7日的早晨，我随搜狐加多宝搜鲜记吃货团队行进在烟台近海上。随着吃货嘎兰一声划破海面的尖叫"快看，海蜇！"，我平生第一次见到了鲜活的海蜇的样子。它像一把漂浮在海面的降落伞，又好似倒映在海里的水中月。

海蜇也称水母。当地吃货周毅说，海蜇古代叫"乍鱼"、"石镜"、"海月"、"借眼公"，粤东人叫"水母目虾"，汕头人叫"红蜇"、"白蜇"，山东人叫"面蜇"，是一种腔肠动物，既没有鼻子、眼睛、嘴巴，也没有菊花。周毅说海蜇是通过栖息在它身上的小鱼小虾来感知生存的，古人为什么称海蜇为"借眼公"，即指小虾就是海蜇的眼睛。我一边听一边想象，觉得很像超现实主义的一首诗或一幅油画。

我第一次认识海蜇，是二十年前在成都一家餐馆吃到的一道老醋拌蜇头，爽韧而松脆，好像天生就是与醋相亲相爱一样。后来吃到了鲁菜传统名菜"温拌蜇头"。它是用海蜇片垫底，蛋皮丝及香菜撒在上面，再撒水发海米，然后倒入调好的芥末；炒锅内放入芝麻油，烧至七成热时，加入醋和酱油一烹，随即浇在菜上即成。这道适宜于冬季食用的凉菜，就是我们吃货团这次所到的胶东沿海一带的传统吃法。

让我大开口界的则是此次随团到青岛站，在青年美食才俊郭科师傅开的怡情楼餐厅吃到的几样特色海蜇菜。郭师傅最初为我们准备的菜单里，只有"捞汁鲜海蜇"和"老醋海蜇头"这两款海蜇菜。随着不断叫好的声浪渐入高潮，郭师傅亲自下厨，为我们额外做了"海蜇里子炒白菜"、"海蜇脑子汆鸡蛋"、"海蜇爪子炒拉瓜"等海蜇宴里的三道民间菜，让我这个内地人真正大"吃"一惊。

　　郭师傅说，海蜇里子就好比被子的里子，渔民们也称之为海蜇肚子，就是鲜海蜇肉里面的一层薄皮，色白、微黄。在海蜇的各个部位中，海蜇里子的价格是最高的，因为平均四百斤鲜海蜇才能加工出一斤海蜇里子。而要获得海蜇里子，必须在捕获后尽快分割完成，否则随着海蜇死亡，海蜇里子也会很快变质，无法食用（我当时想，我们这次寻鲜可有口福了）。郭师傅还说，在民间渔民会把打捞上来的海蜇的里子迅速取下来，煮熟后冷藏待用。煮熟的海蜇里子看上去黄黄的、皱皱的、薄薄的，像头锅出的豆腐皮。渔民们把它拿来与白菜一起炒。

　　海蜇爪子其实就是海蜇口腔边缘的四个腔腕，它是与胃相接的。海蜇爪子煮熟后很柔软，若与拉瓜相爱，完全是天造地设的一对，口感滑脆细腻，一副要白头偕老的样子。海蜇腌制后发脆变硬，就被俗称为我们常见的"海蜇头"了。郭师傅说海蜇运回来之后，渔民们做的第一件事就是把海蜇脑子从海蜇头部小心翼翼地取出来，拿到岸上煮熟冷冻起来。吃的时候，用海蜇脑子汆鸡蛋。

　　海蜇有这么多的花样，是我从前没有想到过的。听说还有

"海蜇宴"，更是闻所未闻。本文写到此时，我顺手从书架上取了一本1980年3月由福建科学技术出版社出版的《福建菜谱》（福州），有意识地翻水产菜类时，兴奋地发现了一款"炒蜇血"。蜇血是什么?! 是海蜇的血吗? 海蜇有血吗? 菜谱上没说。于是我百度了一下，出现了几种不同的说法，其中有一种说法我觉得比较靠谱：只有生长期在三至五年的海蜇，表皮自然脱落且呈红褐色的那层膜才可称为"海蜇血"。

"浮沉如飞，为潮所拥行。"营养大师、明人李时珍用这句诗一般的话来描述海蜇的行踪。更有诗意的是，当藻类及其他小动物靠近海蜇吸口周围的小触手（爪子）时，海蜇会像蜘蛛侠一般放出细丝捆绑小动物，并注入毒液麻痹对手，然后美餐一顿。我想，那毒液恐怕就是最近传出的一男子海里游泳被海蜇刺扎身亡的罪魁祸首吧。

点心单

萝卜汤圆

让萝卜丝 / 依偎在红烧肉的怀中 / 温柔地吮吸腴润的汁 / 在味道中发育生长 / 然后成为小蜜 / 成为馅的口感 / 刚露出纯朴的甜 / 就想被糯米小生包养 / 在宁波的郊外成为汤圆

　　萝卜刨丝滚熟，去臭气，微干，加葱、酱拌之，放粉团中作馅，再用麻油灼之。汤滚亦可。春圃方伯家制萝卜饼，扣儿学会，可照此法作韭菜饼、野鸡饼试之。

前不久，法国总统奥朗德首次访华，在上海为他举行的欢迎宴会上，首先被端上来的是由芦笋北极贝、酱牛肉、番茄冻、豆瓣酥、蟹肉南瓜色拉、芥末草虾等小食组成的迎宾冷盘，跟着上了松茸野菌汤、美极凤尾虾、香烤禾牛酥、意式火腿银鳕鱼、山药和木耳做的时令蔬菜等，最后两道点心是萝卜汤圆、核桃酥和花生酥拼盘。据说，在这么多丰盛的美味佳肴中，奥朗德最爱的就是萝卜汤圆那一口。

这恐怕让我们袁老先生做梦都没想到，他写进《随园食单》的一款萝卜汤圆，二百多年后竟被美食王国的法国总统所钟爱。

我觉得奥哥对汤圆的钟爱，有以下原因：一是他品尝到了中国传统美食的真正味道，不仅仅糯米粉柔滑细糯，且做馅的萝卜丝是与红烧肉煨出来的（萝卜丝充分吸收肉汁，包汤圆时红烧肉弃用）；二是汤圆为圆形食物，可表达为此次中国之行的圆满成功（至少空客飞机卖了三十架嘛）；三是用萝卜的纯朴及汤圆的洁白黏糯来象征中法两国纯洁、高尚、紧密的友谊。看来奥哥也深谙中国饮食文化的内涵。

相传汤圆始于东晋，盛于唐宋。因为它煮熟时漂浮在水上面，所以明朝以前还叫它"浮团子"，之后在北方叫元宵，在南方叫汤圆。南方磨成水面包汤圆，且馅以重油、重糖、重芝麻为特征；北方则是磨成细干面摇元宵，且馅以重糖、重果脯料为特点。然而真正讲味道，北方元宵不如南方汤圆。

据传袁世凯洪宪登基时，因为"元宵"、"袁消"谐音，口彩不佳，于是勒令大家改叫"汤团"。当时北平有一家叫九龙斋的馆子没留神，写了一张"本店新添什锦元宵"的红纸条贴在馆子大门口，结果被军警督察处传唤去暴打了一顿。

如今汤圆的花色品种众多，除了从民国传到今天的成都赖汤圆（鸡油汤圆）以及上海乔家栅汤圆（肥瘦肉汤圆），还有宁波汤圆、水果汤圆、雨花石汤圆、酒酿汤圆等。

不过我敢肯定，我们永远不会再吃上世纪六七十年代的汤圆了。这不仅是母亲用核桃、芝麻、花生、猪油、砂糖自己做馅，或是父亲初一大早起来精心揉捏糯米面粉包汤圆，关键是那汤圆用的粉，是母亲和我用最原始的碓窝舂出来的，而不是像现在用机器磨出来的。我记得母亲事先用水把糯米泡一天一夜，然后用筲箕沥干水分。我一般负责帮母亲把米一点点加入碓窝中，母亲则不断地用右脚踩踏碓窝的后杆部，有节奏地舂着碓窝里的糯米，直到洁白细润如雪。然后把汤圆面粉摊进簸箕里，并用几天的大太阳晒干。用这样的汤圆粉做出来的汤圆，可想而知，不仅吃口黏柔香糯，而且有太阳的味道。

千层馒头

包子是馒头的一个梦 / 在麦浪里 / 在缠绵千层的内心 / 怀上一个馅的东西 / 那是用青葱的春脣艳过的油润的肉 / 盛开幸福的褶皱 / 而现实中 / 雪白的馒头 / 如妹妹们的肌肤 / 温柔而富有弹性

　　杨参戎家制馒头，其白如雪，揭之如有千层。金陵人不能也。其法扬州得半，常州、无锡亦得其半。

不瞒你说，"暄"这个字我是在真正了解馒头之后才认识的，因为只有这个字才能真正表达馒头的那种松软温绵的口感。而包子就没有这么有文化了，尽管它和馒头在远古时是一对孪生兄弟，尽管它比馒头更显白富美。

馒头有何来头？清人徐珂在其野史《清稗类钞》中有详尽的描述："馒头，一曰馒首，屑面发酵，蒸熟隆起成圆形者。无馅，食之必以肴佐之。后汉诸葛亮南征，将渡泸水时，土俗杀人首祭神，亮令以羊豕代之，取面画人祭之，馒头名始此。"现在有些地方的人们还把馒头作为祭神祭祖的供品，也流传着亲戚做客临别时送馒头作为"回礼"的民间风俗。

现在一般把有馅的叫做包子，无馅的叫做馒头。去年夏天随搜狐美食团去浙江龙游，当地吃货专门带我们去一家叫做"默默水饺"的餐馆吃了一顿带馅的"葱花馒头"。它是在蒸出来的白白胖胖的馒头上戳个洞，把炒制过的馅一点点塞进去，直到馒头被塞得鼓鼓的。馅料一般是猪肉、笋干和葱花，或者用新鲜笋、白干等。这种"葱花馒头"看上去就像一个没封口的包子，吃起来既有包子的腴香又有馒头的暄软。

馒头从形式上分，有高桩、圆头、平顶；从每斤面所做数量上分，有五个头、八个头、十个头；从面性上，又分为水发面和酵母面。其实添加葱花和花椒粉的花卷也应该算是馒头的一种。小时候难得吃到包子时，有一个花卷也会心满意足，那时觉得花卷总比馒头有味。花卷应该和包子是近亲，与馒头是远戚。

如今的馒头花样更多，除了白面的，还有玉米、黑米、小米、荞麦及各种杂粮做成的馒头，这无疑是受到健康理念的引领。真正做得好的白面馒头，应该雪白、暄软，有麦味的香、悠远的回甜以及掰开可看到如海洋深处的浪花层层，这便是袁老先生所说的："杨参戎家制馒头，其白如雪，揭之如有千层。"其实要让馒头雪白暄软，有一个绝招，那就是做馒头时，在发面里揉进一小块猪油，蒸出来的馒头不仅洁白、松软，而且味特别的香。

如今生活条件好，不借助外力要把一个大馒头顺利咽下，一般都会产生一些困难，除非你已经饿到了极点。一个馒头至少要有一碗亲爱的白米稀饭陪伴才够缠绵，如果再能依偎上几颗油炸花生米或红油泡菜，那就会更显得白美香艳。特别是掰开馒头，抹上一块豆腐乳夹在中间，此时此刻趁热咬上一口，你会立马感到一种撒娇的味道。除了夹腐乳以外，馒头还可以夹许多种东西，夹榨菜的，夹卤牛肉的，夹火锅肉的，夹红烧肉的，夹咸鸭蛋，等等。这些吃法都是把洁身自好的馒头逼良为包子，只能说明包子比馒头好吃，即一个馒头的幸福还是要靠一朵香馅的慰抚，否则就基本只能作为一个充饥的软东西了。

记得小时候不爱吃馒头但又非吃不可的表现是，先一点点地撕其皮吃，皮吃完之后又一层层地掰着馒头心吃，最后实在咽不下了，就把剩下的在手掌心里捏成团，看四处无人将其扔掉。据说当年袁世凯经常找儿子们一起吃饭，这对儿子们来说是很痛苦的，因为吃饭的时候没有一点自由。有一次袁克文陪父亲吃饭，吃得差不多了，袁世凯又递给他一个滚热的大馒头，那时候讲究"老者尊者赐，少者卑者不可辞"，袁克文只好接下来。实在吃不了，他就把热馒头掰开成一块块，装作吃的样子，实际上是藏在袖子里，最后胳膊都被烫伤了好大一块。

如今我常把头天吃不完的馒头，第二天切成片用油煎，蘸着蜂蜜或者椒盐吃。我觉得这种吃法最妙的还是切片之后用木炭火烤，烧烤时表面刷一点油、盐和孜然，其结果是外酥香里暄软，极下啤酒。

白云片

诗人袁枚看见 / 锅巴 / 在蓝天这口锅里 / 如白云一片 / 等着上口 / 那恰好是二毛童年的记忆 / 在整条小街上香 / 又在幽深的巷子里脆 / 微加白糖或包裹盐菜 / 背靠黄昏 / 咯嘣咯嘣地咀嚼着夕阳

　　白米锅巴，薄如绵纸，以油炙之，微加白糖，上口极脆。金陵人制之最精，号"白云片"。

昨夜闲翻由江苏省商业学校烹调专业工农兵学员1975年5月编写的《扬州菜谱》，一道久违了的"口蘑锅巴汤"，不仅让我口水长流，而且一下子就把我拖回到了上世纪六七十年代大西南边远的山区，让我仿佛又听见了每家每户哗哗铲锅巴和咯嘣咯嘣嚼锅巴的声音。我觉得锅巴这个东西，是最能让人怀念起过去时光的，它的终极含义其实就是乡愁本身，这与袁枚老师在文中所说的"上口极脆"有关，与炊烟袅袅的柴火灶有关。

　　锅巴，古时称"锅焦"、"焦饭"、"饹馇"等。在清人徐珂的《清稗类钞》中，记有湖南湘潭人黄九烟爱吃锅巴的事，讲他曾写过歌颂锅巴的四首诗。能专门为锅巴写诗，可见被当时的人称为"锅巴老爹"的黄九烟，爱锅巴名副其实。

　　以前吃锅巴饭或吃锅巴，是自然而然的，只要煮米饭，就会有锅巴。要么在正餐时，一铲子贴锅铲下去，一碗白米饭上便自然盖上了一块焦黄锅巴，锅巴上面再盖上一勺豆豉或鲊海椒炒的回锅肉，油滋滋香喷喷的；要么饭后作为零食拿在手上吃。

　　那时我哥哥牟平凡常在饭后把锅巴从铁鼎罐中铲出，圆圆的一块，在上面抹些鲊海椒或盐菜，对折；然后将火钳张开，放进还有些零星余火灰的灶孔里，把锅巴放在火钳上烤起。等哥哥把碗洗完，取出包有馅烤得更加香脆的锅巴，分给我一半，好吃得像卵形（方言，好吃至极）。我几乎每天都会在那个时候，背靠着黄昏，等着哥哥分给我锅巴的美妙时刻。如果哪一天哥哥有事，叫我帮他洗碗，我那天就会得到灶孔里烤着的整块锅巴的奖品。

锅巴这个香东西，只要牙齿和肠胃都好的，我看人人都喜欢。前几年，回重庆酉阳老家，满街的"汪家锅巴饭"、"二娃鼎灌锅巴饭"、"渣渣三包谷面锅巴饭"等，成了当地的一大特色。而下锅巴饭的鲊海椒回锅肉、豆豉炒腊肉、菜豆腐、蕨粑炒腊肉等更是少不了。再勾二两当地的苦荞酒，当夜幕二麻麻地降临，就成了一个让你酒足了还想饭饱的地方。不过在北京我就没有这样的口福了，只有本着"有条件要吃，没有条件创造条件也要吃"的精神，去发现和解决锅巴的问题。

有一次，想锅巴这一口想得要命，我立马去买来一口铁锅，在家里自制锅巴。用一斤粳米、半斤糯米、三两玉米粗末下锅，再掺水淹过一寸，加盖锅盖，天然气灶上大火烧开之后，用勺边搅边煮。当米汤开始变得有些浓稠时，滗出米汤（另外煮菜有用），使锅里的汤和米基本平行，加盖锅盖，调至中火焖煮五分钟；然后将铁锅朝右朝左朝里朝外四个方向分别倾斜四十五度，使锅子的各边均匀受热两分钟；再将锅子移到正中焖煮两分钟。之后就可以揭开锅盖铲锅巴吃了。有时想方便快捷吃到锅巴，我就用电饭锅（非不粘锅）来焖，将跳起来的煮饭键连续按下去三次（跳起来又按下去），便可获得一块过瘾的香脆锅巴了。

然而真正的锅巴，要在烧着柴火的土灶上的铁锅中来完成（铁锅一开始就受热均匀）。特别是滗了米汤盖上锅盖，焖饭的那些时间里，大柴大火要逐渐退出，灶孔里留小柴小火关照，最后几分钟靠燃尽的柴剩下的炭火烘托，使米饭向着香和黄褐色的锅巴转化。

那时候许多人家把吃不完的锅巴，用线绳一块一块地穿起吊在自家的屋梁上。等过年过节或贵客登门时拿下来，做成三鲜鱿鱼锅巴等高档菜肴。

其实很早以前，厨师就把锅巴这米饭的皮利用了起来。先是在民间的红白喜事宴会上盛行，然后作为餐馆里较高档的菜肴热卖。流行的菜式有三鲜锅巴、鱿鱼锅巴、肉片锅巴、海参锅巴等。而按味型可以做出酸辣锅巴、鱼香锅巴、麻辣锅巴、咸鲜锅巴等几十个品种。

清湘潭人黄九烟被称为「锅巴老爹」，竟曾为锅巴写诗四首。

竹叶粽

我看见端阳之水 / 随节日高涨 / 漫过童年 / 火雷子鱼游在七岁和八岁
之间 / 鳞片纷飞 / 在丰收的糯稻中追逐粽子 / 但味道已远离火腿 / 馅
咸淡空虚之中 / 竹叶的绿已退守至笋子的脆 / 只有那束菖蒲 / 依然斜
挂在洪府的门上

　　取竹叶裹白糯米煮之。尖小如初生菱角。

除了这款"竹叶粽",《随园食单》还记有一款"扬州洪府粽子":"洪府制粽,取顶高糯米,拣其完善长白者,去其半颗散碎者,淘之极熟,用大箬叶裹之,中放好火腿一大块,封锅焖煨一日一夜,柴薪不断。食之滑腻温柔,肉与米化。或云:即用火腿肥者斩碎,散置米中。"显然,这款粽子算江南粽子的祖师爷了,"食之滑腻温柔",直接把我带回了香糯的童年。

记得端阳节这一天,我和小伙伴一大早就去河边撮鱼捞虾,在涨过河堤的端阳急水中嬉戏。母亲们则忙着把刚出锅的粽子分送给亲朋邻里品尝,一派快乐和谐"吃百家粽"的景象。后来有一次偶然翻阅《南齐书》,说粽子在南北朝时,一度被奉为外交礼品。这才知道那个时候就开始搞美食外交了。

那时候端阳节家家门上都挂上新鲜菖蒲,是用来辟邪的,菖蒲风干后煮水洗澡,可让人一年不生疮并保佑平安。其实古人对端阳节的忌讳更多,《酉阳杂俎》记有:忌造房和上房顶;《帝京岁时纪胜》记有:忌到水边汲水;《抱朴子》记有:忌出远门或夫妻同房;《荆楚岁时记》记有:五月,俗称恶月,五月五日尤甚。

如此多的禁忌,主要源于端阳节前后正值春夏之交,气候潮湿多变,长虫生疮最易感冒得病;此时也是瘟疫最流行的季节。所以用菖蒲水搓澡净身以及喝雄黄酒等风俗,其实与防病治病有关。大人们有时还把吃剩的雄黄酒涂在小孩前额,或洒在房间四

「笔粽」，谐音「必中」，书生赶考以此讨口彩。

周，据说可以为壮阳辟邪。这种习俗如今在大西南的武陵山区依然可见。不过吃粽子时，不再喝雄黄酒，加了两样吃的：咸鸭蛋和糖大蒜。

粽子一开始是用竹筒装米做成的，所以古称"筒糭"；后来用菰叶包米叫做"角黍"或"角粽"，基本上就是我们现在的四角三棱锥体粽子。在古代，帝王用牛来祭祀社稷（土神和谷神），五月黄熟的黍，用菰叶包成牛角形，其含义就不难理解了。据说，钦定粽子为端午节节令食品的，是唐玄宗，他还题过诗："四时花竞巧，九子粽争新。"这便是"巧粽"的由来。大约就是在这时，粽子东渡日本，成了日本人的"茅卷"。

在我老家，吃的是一种碱水粽子，即用碱水泡米，箬叶（竹叶的一种）裹捆成四角三棱锥体形。碱水粽子不咸不甜，多吃几个也不腻，并且有一股世外的幽香。也有用白糖和炒黄豆面蘸着吃的。

有一年端阳节，我看见母亲先包几个极小的粽子，再将小粽子分别包进与其他粽子一般大小的粽子里。母亲说谁吃到这"怀胎"粽子今后就会有福气，于是我们兄弟姐妹争相多吃粽子，都期望吃到"怀胎"粽子而让福气降临到自己身上。（在母亲眼神的暗示下，我第一个"找"到了"怀胎"粽，但当我拿着粽子解不开绳子时，母亲会说：狗吃粽子无解哦！）那时我理解的有福气，就是顿顿吃香肉天天穿新衣。有些地方是把绿豆和大枣放进几个粽子里，谁吃到了谁有福气。

其实以吃另类粽子来获得福气或运气的方式，在明清两代的科举考试中已有体现。来自全国各地的秀才在临赴考场之前，都要吃家人特别包制的粽子，其形状像一管细长的毛笔，叫做"笔粽"，谐音"必中"，以讨得口彩，借得吉言。

粽子不仅形状馅料讲究，所选糯米及煮法也有讲究。做粽子的上乘糯米应为山地瘦瘠之土长出来的圆糯，袁老先生所说的长糯次之；而煮粽要先将锅内水烧沸，然后将粽子下锅，使粽子全部没在水中，上面用竹架和石头压实，用大火烧煮一小时后，改用小火煮。最好按袁老先生教导的焖煨一日一夜，煮时始终保持粽子不动，停火后在锅里多焐一下再起锅。

去年秋天我和诗人李亚伟、周墙、海波去宁波吃黄鱼面，第二天返回南京时，没赶上高铁而改乘高速汽车，车停嘉兴站，海波特地给我买了一个嘉兴鲜肉粽子。这是我平生第一次吃到深受广大群众喜欢的最正宗的嘉兴肉粽，那香糯滋味如云里雾里。海波说这是嘉兴五芳斋粽子店的传统产品，已有一百多年的历史。

饭粥单

饭

仿佛又听见淘米的声音／从上世纪70年代传来／接着黄昏中升起炊烟／我看见／稻浪依然在秋收中翻滚／溢出江湖的米汤／你添柴加火／红光满面／把童年焖烧成少年／在生长发育的一个初夏／你把生米煮成了熟饭

　　王莽云："盐者，百肴之将。"余则曰："饭者，百味之本。"《诗》称："释之溲溲，蒸之浮浮。"是古人亦吃蒸饭。然终嫌米汁不在饭中。善煮饭者，虽煮如蒸，依旧颗粒分明，入口软糯。其诀有四：一要米好，或"香稻"，或"冬霜"，或"晚米"，或"观音籼"，或"桃花籼"，舂之极熟，霉天风摊播之，不使惹霉发疹。一要善淘，淘米时不惜工夫，用手揉擦，使水从箩中淋出，竟成清水，无复米色。一要用火，先武后文，焖起得宜。一要相米放水，不多不少，燥湿得宜。往往见富贵人家，讲菜不讲饭，逐末忘本，真为可笑。余不喜汤浇饭，恶失饭之本味故也。汤果佳，宁一口吃汤，一口吃饭，分前后食之，方两全其美。不得已，则用茶、用开水淘之，犹不夺饭之正位。饭之甘，在百味之上；知味者，遇好饭不必用菜。

　　上世纪70年代，母亲常让我去西山沟粮站买米，一次称二十斤或三十斤。那时机关干部每月供应二十七斤，工人四十五斤，中学生属于城镇户口，三十二斤。母亲暗自庆幸我们家有两个（我和哥哥）吃三十二斤的，这样她好把结余下来的粮票暗地里换些鸡蛋之类的副食品，或者拿去帮助一些缺粮的亲朋好友。一次，约同学郑乐一起去粮店买米。本来郑乐妈妈叫他买三十斤，他只买了二十八斤，克扣下来的钱买了一包前进牌香烟。为了应付大人，郑乐在一背篓米中间放了一块石头。回家之后，顺利过了秤，不过当他把米倒进陶瓷缸里时，那块石头咣当一声把米缸砸破，接下来发生的事情可想而知。

　　那时候淘米煮饭，先用开水瓶盖舀几盖米（一盖半斤左右）到瓢瓜里或搪瓷盆里，择出稗子、沙石等杂质，加水反复揉搓，滗出淘米水，又加水揉搓，直至变成清水，就可以下锅了。母亲常把淘米水留下来，用以洗涤带油腻的食物或餐具，父亲则把淘米水拿去浇灌阳台上的茉莉花。现在淘米做饭，已少了这种温暖的情怀。

那时煮饭还算个技术活，火大了会把饭煮煳，火小了又会煮成夹生饭。要像袁老先生教导的那样，用火应先武后文，放水要多少得当。我开始在柴火灶上煮饭时，也煮出过煳饭、稀饭和夹生饭，这时母亲就会微笑着说，下次多注意火的大小和水的多少就行了。在宋代赵希鹄的《调燮类编》中就有"炊饭"八字诀："饭水忌咸，粥水忌增。"袁老先生的"相米放水，不多不少，燥湿得宜"与此一脉相承，即教导我们需在米水之间，成比例地一次调配适宜，不得中途增减。

到了80年代，盛行上班时带一装有适量米的搪瓷钵或锑盆去单位食堂蒸饭，下班时带回家的做法。我们一家人就这样吃了好几年食堂蒸饭。后来有了电饭煲就更方便了，一边煮饭，一边洗菜、切菜、炒菜，等菜全部上桌的时候，米饭也熟了。父亲告诉我用电饭煲的体会：糙米多加水，好米少加水，水和米的距离大约在食指第一节那么深。以后每次用电饭煲煮饭，我都学着父亲用食指试水深浅。然而不论去食堂蒸饭，还是用电饭煲煮饭，总不如在柴火灶上焖饭或者蒸饭香，并且少了稠浓的米汤和心爱的锅巴，少了在饭上蒸出的有着浓郁米饭香的鸡蛋羹和茄子（用来凉拌）；更重要的是少了温暖的柴火灶和母亲煮饭时的贤惠背影，饭菜就永远少了一种温馨的滋味。

我从小就喜欢吃白米饭，特别是用木甑子刚蒸出来的那种，香软柔润，松散而不黏滞，白饭都可以迅速干掉两碗（"饭之甘，在百味之上；知味者，遇好饭不必用菜"），更不用说来点泡菜或者豆腐乳什么的。若有两片红亮香腴的回锅肉下饭，那时我就想，活到此也心满意足了。60年代末70年代初，我母亲的朋友，政府招待所服务员彭世贤和冉水芝两阿姨，常常端一碗她们的甑子蒸饭，来交换我们家的鼎罐焖饭和菜豆腐。每次吃到阿姨们端来的米饭和盖在上面的海带炖肉时，我就像打了一次人生中的特大牙祭，每次都会把肚子吃得像个皮球一样。

我一直认为，一道能够真正称得上佳肴的东西，应该既宜下酒又宜下饭，而且必须是搭配一碗白米饭，才能完全彰显它的美味，而让我们最后酒足饭饱。

粥

粥的样子 / 柔糜 / 倒映月光 / 从糯米中流出 / 涓涓 / 汇成养的汪洋 / 在天地之间 / 我看见 / 人在粥里 / 粥在人里

　　见水不见米，非粥也；见米不见水，非粥也。必使水米融洽，柔腻如一，而后谓之粥。尹文端公曰："宁人等粥，毋粥等人。"此真名言，防停顿而味变汤干故也。近有为鸭粥者，入以荤腥；为八宝粥者，入以果品：俱失粥之正味。不得已，则夏用绿豆，冬用黍米，以五谷入五谷，尚属不妨。余尝食于某观察家，诸菜尚可，而饭粥粗粝，勉强咽下，归而大病。尝戏语人曰："此是五脏神暴落难，是故自禁受不得。

从古至今，在关于煮粥的心得体会中，我最赞赏的要数袁枚这两句经典论述："见水不见米，非粥也；见米不见水，非粥也。"我来北京十年天天早上在家煮粥，几乎回回都会默念这两句精彩警句，有时还会一边煮一边念叨袁老师的另一名言："宁人等粥，毋粥等人。"

粥应该算是中国人最早的美食。古代粥也称"糜"、"糊"。《说文解字》解释为："糜，糁也。从米，麻声。"至今在山东临沂一带，玉米粥还被称作"糁"。粥是一种半液体的黏稠食物，温和可口，适合老年人食用。因此，至少在周代，粥就被当作"敬老"食品了。《礼记·月令》记载："仲秋之月，养衰老，授几杖，行糜粥饮食。"可见，在古代粥和几杖一样被当作敬老之物赏赐。

粥在当今的语境中多指代不好的饮食，比如"吃粥噎菜"、"别人吃肉你喝粥"等。但在周代，粥是作为高档食品给王室特供的。《周礼》记载——"浆人掌共王之六饮：水、浆、醴、凉、医、酏，入于酒府。""浆人"就是专门执掌皇帝饮食的官员，而"六饮"中"凉"和"酏"都是粥，酏食即薄粥，酏浆即粥汤。

直到唐代，粥还被皇帝用作赏赐大臣的御品。唐人冯贽在《云仙杂记·防风粥》中记载："白居易在翰林，赐防风粥一瓯，剔取防风得五合余，食之口香七日。"一碗粥吃了能香七天，有些夸张了，其中感激皇恩的心理因素似乎比较多。不过防风粥的香味确实出名。康有为在书法论著《广艺舟双楫·榜书》中拿防风粥打比方："'云峰山石刻'体高气逸，密致而通理，如仙人啸树，海客泛槎，令人想象无尽。若能以作大字，其秾姿逸韵，当如食防风粥，口香三日也。"实际上，防风粥由中药防风草和大米一起煮成，算是一道药膳，有防治感冒、呕吐、腹痛、湿疹等功效。

古代很多时候是把粥作为祭祀之物的。民间也有正月十五吃粥消灾之说，这一习俗传到了日本，至今仍然盛行。有民俗学家甚至认为，正月十五吃元宵的习俗就由吃粥而来：最初人们以粥祭祀，后来演变成以米做成蚕茧形状的粉团，最终形成了元宵。古代诗人在咏叹美食时，被提及最多的恰恰也是粥，如梅花粥、神仙粥、豆粥、茯苓粥、腊八粥等。宋代诗人杨万里的《寒食梅粥》云："才看腊后得春饶，愁见风前作雪飘。脱蕊收将熬粥吃，落英仍好当香烧。"梅花被诗人先观赏，再熬粥，干花则"当香烧"，真是物尽其用，浪漫至极。

苏轼也作词吟咏道："梦蝶犹飞旅枕，粥鱼已响枯桐。""粥鱼"是用木料挖成的鱼形响器，寺庙中黎明召集僧人开饭时，往往会敲击粥鱼。宋代吕渭老的"落月杜鹃啼未了，粥鱼忽报千山晓"，说的也是这种粥鱼。另外，"粥鱼"也称"粥鼓"，用鼓声来告知僧人开饭了。宋代范成大有诗句"魂清骨冷不成眼，彻晓跏趺听粥鼓"，苏轼也有诗云"灊山道人独何事，半夜不眠听粥鼓。"

粥是僧人的主食，既清淡又能保持营养，符合佛家修行的需要。但寺庙中难免有每天就等着"粥鱼"、"粥鼓"而无心参禅的"粥饭僧"；"粥饭僧"多了，自然难免"僧多粥少"。"粥饭僧"一词最早见于陆游的打油诗《戏题》："莫轻凡骨未飞腾，要胜人间粥饭僧。山路近行犹百里，酒杯举一必三升。"

梅花粥为什么在宋代如此流行？可能与时代气质有关。宋诗、宋词中多月亮、落花、流水等阴郁婉约的意向，与唐诗中大漠西风的英雄气质迥然相异。另外，梅花粥有疏肝理气、降压的功效，可能正好迎合了宋代文人抑郁、多愁善感的心态，所以在士大夫中非常流行。

茶酒单

茶

蓝天泡白云／黑夜泡闪电／社会泡人生／人生泡二毛／二毛泡茶

欲治好茶，先藏好水。水求中泠、惠泉。人家中何能置驿而办？然天泉水、雪水，力能藏之。水新则味辣，陈则味甘。尝尽天下之茶，以武夷山顶所生，冲开白色者为第一……

从此单可以看出，滴酒不沾的袁枚老师对茶不仅情有独钟且颇有研究，从茶的产地到茶的收藏，再到泡茶的取水、煮茶的火候，不一而足。茶起源于中国，繁盛于中国，可以说茶香早已深入中国人的骨子里。饮茶是一门博大精深的文化，其中最值得一说的就是"斗茶"。古人喜好以"斗"取乐，如斗鸡、斗狗、斗蛐蛐等。在这些"以斗为乐"的娱乐项目中，我认为，斗茶是文化层次最高也最风雅的活动。

至少在三千多年前，我们的祖先开始栽培茶树。但唐代以前并没有"茶"这个字，那时的古人把茶当作一种苦味野菜来看待。《尔雅》称茶为"苦荼"，注释中说："荼，树小如栀子，冬生叶，可煮作羹，今呼早采者为荼，晚取者为茗。"所以，今天人们也把茶叶叫做茗茶。

唐代是中国茶真正勃兴的时代。被后世尊为"茶圣"的陆羽在《茶经》中改荼为茶，开宗立派，把茶的饮用提升为一种文化活动。到了宋代，茶文化已经非常发达，饮茶成为上至宫廷、下至百姓的全民活动。这时，出现了"斗茶"这种精彩的竞技活动。如今传世的有一幅宋代《斗茶图》，画中人物生动逼真，透过画卷就能看出当时的"品茶精神"。宋代又是中国文化臻于高峰的时代，文人士大夫竞相以饮茶、品茶、斗茶为乐。至此，茶与美食平起平坐，也成就了饮食文化的一代华章。

斗茶就是对茶叶的味道评高低，对水、器具、烹制方法都有严格的要求，主要看茶面汤花的颜色以及均匀程度，茶盏的内缘和茶汤的相接处有没有痕迹等。其中的关键，一是茶要好，二是水要好，还有就是火候的把握。斗茶过程中，"点茶"特别重要：用烧开的水点汤，然后去浮，一边点茶，一边用茶锨不停地旋转击打茶叶，让茶水泛起汤花儿。

斗茶除了茶叶的质量之外，决胜的关键因素就是水了。因此，选水成为专门的学问。陆羽在《茶经》中提出"煮茶之水，用山水者上等，用江水者中等，井水者下等"。唐代张又新在《煎茶水记》中则干脆将水的产地具体到了某地某泉："庐山康王谷之水帘第一，无锡惠山泉水第二，蕲州兰溪之石下水第三，峡州扇子山下之石水第四，苏州虎丘寺水第五，庐山招贤寺下方桥之潭水第六，扬子江之南零第七，洪州西山之西东瀑布水第八，唐州桐柏县之淮之源第九，庐山龙池山之顾水第十，丹阳观音寺水第十一，扬州大明寺水第十二，汉江金州上游之中零水第十三，归州王虚洞下之香溪水第十四，商州武关西之洛水第十五，吴淞江水第十六，天台山西南峰之千丈瀑布水第十七，郴州之圆泉水第十八，桐庐之严陵滩水第十九，雪水第二十。"张又新还强调，当地的茶最好用当地的水冲泡。

宋代斗茶盛行的结果，是出现了一种"超级水"，传说此水一用，则斗无不胜——这就是"竹沥水"，即竹竿中天然存储的水。沈括在《梦溪笔谈》中说，闽南山中有茂密的竹林，竹竿中有水，剖竹取水，用以煮茶，味道绝佳。还有一则故事：宋代名相蔡襄酷爱茶道，著有《茶录》。蔡襄和苏舜臣经常斗茶，由于财力和官位都远胜于苏，能得到上好的茶叶，故而斗茶的结果多是蔡襄赢。一次，苏舜臣主动找蔡襄斗茶，显得志在必得，而当日也确实是他赢了。原来苏用的是浙江天台山竹林的竹沥水，而蔡襄用的是传统的惠山泉水——虽然蔡襄的茶叶比苏舜臣的好，斗茶却略逊于苏，这其中水起了关键作用。这事很快被京城的人所知，于是，人们竞相从天台山采集竹沥水密封在银罐中，再千里迢迢运到京城，以供斗茶之需。

后来，竹沥水逐渐消失在人们的视野中。直至2009年，有人在贵州的深山中再次发现了竹沥水——这可是爱茶者的福音！我推测，竹沥水泡的茶之所以清香无比，除了水经过竹子的天然过滤，非常干净之外，还在于带有竹子本身的清香，可以增加茶的香气。

酒

酒在巷子的那头 / 醉在这头 / 疯狂桃树 / 花开酒杯 / 是谁开启月亮这枚瓶盖 / 一两　二两　三两 / 随灵魂直上天阶 / 艳遇宫保星星 / 或油炸闪电 / 纯黑夜的下酒菜

　　余性不近酒，顾律酒过严，转能深知酒味。今海内动行绍兴，然沧酒之清，浔酒之洌，川酒之鲜，岂在绍兴下哉！大概酒似耆老宿儒，越陈越贵，以初开坛者为佳，谚所谓"酒头茶脚"是也。炖法不及则凉，太过则老，近火则味变，须隔水炖，而谨塞其出气处才佳。取可饮者，开列于后。

诗人美食家袁枚不喝酒，这是我迄今为止最想不通的古代遗留下来的问题之一。一个诗人，一个能制造美食的烹饪高手，一个身边美女如云的大才子，竟然滴酒不沾，这让酒好孤独好没面子。

在我身边有许多爱喝酒的诗人朋友，其中在酒精中得人生真谛的，当属诗人李亚伟和马松。大概在三年前，每喝必醉的马哥突然调转人生的酒杯，走着乙字，朝北京天下盐的二毛红酒跟跄而去。说来奇怪，自从马哥改喝二毛红酒之后，就很少出现以前"唉，唉……"说不出话的那种难过局面了。有一次，我和马哥一人喝了七八两二毛红之后，打车送他回家。他坐前排我坐后排，在一阵醉晕醉晕的沉默之后，他老兄突然转过身来抓住我的手说：唉，唉……二毛红是哥们儿！我当时想，算你还说得出话来。

我对酒的真正认识，其实是从上世纪80年代喝泡酒开始的。那时我家里，包括哥们儿家里，至少有一坛用枸杞和大枣泡的药酒。稍讲究点的，酒里面还会加些海星、人参、狗鞭、虎骨之类滋阴壮阳的东西。这样家里要是来个客人，吃饭喝酒也要体面些，因为那时不是每家人都喝得起瓶子酒的。

1984年秋天的一天，开解放牌大货车的哥们儿屈牛来我家喝酒。他提了两瓶泸州二曲，我记得是那种圆瓶瓶的，上面贴着非常喜庆的红色商标。我立刻把这两瓶酒藏进一张老式办公桌下的木柜的最深处，因为我当场打定主意，过年的时候才拿出来喝。

那时大家都还有些穷，喝的基本都是当地几毛钱一斤的散装老白干（人多的时候还舍不得拿泡酒出来喝），并且是现喝现买，拿一个塑料桶去街上打，顺便切半斤卤猪头肉之类的下水来下酒。那时哥们儿一起喝瓶子酒还算是一件奢侈的事，偶尔喝一次瓶子酒，也最多喝一块多两块钱一瓶的高粱香或高寺酒什么的，能喝到一瓶泸二不比现在喝到国窖1573容易。

　　那时诗人李亚伟常从他家（重庆酉阳钟多镇二村）走到我家（酉阳钟多镇四村）喝酒。有一天，长发飘飘的李亚伟笑嘻嘻地来到我家，从军大衣的荷包中抽出一瓶泸州二曲。我顿时眼睛一亮，一方面立马叫妹妹牟红燕去街上菜市买下酒的菜，另一方面我赶紧劈柴烧火做饭。不一会儿，一盘油炸花生、一碗油渣炒蛋、一盘油亮的卤大肠和一钵红艳艳的魔芋烧鸭陆续上桌，我想这个晚上的菜，一定要对得起我心爱的瓶子酒——泸州二曲。

　　我和酒仙李亚伟的感觉一样，觉得泸二醇厚、香长，回口还小甜小甜的，特别适合下卤大肠或者回锅肉之类的尤物。半瓶泸二下肚之后，李亚伟对我说，二毛，我们下次都多挣点稿费，一定去整一瓶泸州特曲来喝。我说，你是吃着碗里想着锅里哦！后来才知道泸州老窖在1915年就整了个巴拿马万国博览会金奖，并获得过包括最古老酿酒作坊、最古老的酿酒窖池在内的七项吉尼斯世界之最。这让我仿佛又听见了从上世纪50年代初传来的、湖南口音的毛泽东和四川口音的邓小平的一次对话："小平，你给我说说，你们四川的泸州老窖为什么那么香，那么美，让那么多人去研究它？""泸酒之美，美在老窖，泸州老窖四百多年了，窖老酒香……"据说小平同志家宴和过年过节以及过生日总要叫拿泸州老窖来喝上两杯。我想，因为泸州老窖是他的家乡酒，领袖们也有思乡的时候啊。

我今年5月去成都，诗人李亚伟在宽巷子他的香积厨餐厅招待我，当他的一道拿手李氏臭鳜鱼上桌时，李亚伟问我："二毛，有没得当年卤大肠的那种味道？！"我回答："今晚咱哥儿几个要不就去弄两瓶泸二来喝吧，也算是怀一个三十年前的旧。"

文景

社 科 新 知　文 艺 新 潮

Horizon

味的道

二毛 著

出 品 人：姚映然
特约编辑：谭山山
责任编辑：熊霁明
装帧设计：张　娜
插　　画：袁小真

出　　品：北京世纪文景文化传播有限责任公司
　　　　　（北京朝阳区东土城路8号林达大厦A座4A　100013）
出版发行：上海世纪出版股份有限公司
印　　刷：北京中科印刷有限公司

开　本：890mm×1240mm　1/32
印　张：11.5　字　数：195,000　插页：2
2015年3月第1版　2018年2月第2次印刷
定　价：55.00元
ISBN：978-7-208-12746-3/I·1329

图书在版编目（CIP）数据

味的道 / 二毛著. —上海：上海人民出版社，
2015
　　ISBN 978-7-208-12746-3

　　Ⅰ.① 味… Ⅱ.① 二… Ⅲ.① 杂文集-中国-当代
Ⅳ.① I267.1
中国版本图书馆CIP数据核字（2014）第309542号

本书如有印装错误，请致电本社更换　010-52187586